Takeru & Asahi
「恋するヒマもない警察学校24時!!」
JN082425

# 恋するヒマもない警察学校24時!!

楠田雅紀

キャラ文庫

この作品はフィクションです。
実在の人物・団体・事件などにはいっさい関係ありません。

# 目次

口絵・本文イラスト／麻々原絵里依

警察は、個人の生命、身体及び財産の保護に任じ、犯罪の予防、鎮圧及び捜査、被疑者の逮捕、交通の取締その他公共の安全と秩序の維持に当ることをもつてその責務とする。

警察法第一章第二条

＊＊＊　1　＊＊＊

四月――進級、進学、就職と新しい環境や社会に多くの者がのぞむ、期待と緊張の季節。

日野朝陽(ひのあさひ)もその朝、真新しいスーツに身を包み、まさに期待と緊張を胸に家を出た。駅へと向かう。

その朝陽の脚になにか柔らかいものがぶつかってきたのは、途中にある小さな公園の前でのことだった。

「うわ」

思わず小さく声が出た。見下ろすと二歳くらいの小さな男の子が、目をぱちくりさせて朝陽を見上げている。

公園から走り出てきたところのようだった。見回したが、親の姿は近くにない。

男の子はそのまま朝陽の横をすり抜けようとする。

「ちょ、ちょっと待って！　ボク、どこ行くの？」

朝陽はかがんで声をかけた。住宅街のなかとはいえ、車も通るし駅へと向かう自転車も多い。

「一人で道に出たら危ないよー。おかあさんか、おとうさんは？」

言っていることがわからないのか、その子はまたきょとんとして朝陽を見上げる。

「えっと……ママはどこ？　ママ、いる？」

大きな声でゆっくりと質問し直す。

「ママ、あっち」

やっと通じた。その子が指差したのは道の向かいにあるコンビニだった。子供を公園に置いて買い物だろうか。危ないだろうと少しばかり腹が立つ。

「そっかあ。ママ、お買い物かな？　おにいちゃんと、ママのところに行こうか」

きちんと保護者に引き渡して、一言、注意しなければ。手をつないでコンビニに連れていこうとしたが、逆に公園のなかに向かってぐいぐい引っ張られた。

「ぶらんこ」

小さな手がぶらんこを指差す。一緒に遊ぼうということらしい。

大学時代、ボランティアでいろんなところに行ったが、朝陽はどこでも子供になつかれた。成人男性の平均よりやや小柄な体格と、ごつさのない童顔のせいだろう。二十二歳になった今もよく高校生にまちがえられる。

小さな子に怖がられず、遊びたがってもらえるのはありがたいけれど。

「うーん……ぶらんこはまた今度にしよう。ママのところに行こう。ね？」

そう説得を試みるが、「ぶらんこー！」と相手は幼いながらに頑固だ。困った。

「でも、ボク、ママが心配するよ、ママのところに……」

あせりつつも優しく、再度、コンビニへと連れていこうとしたところで、

「なにしてんのよ！」

と、いきなり尖った声をかけられた。スーツ姿の若い女性だった。

「ママ！」

ぱっと子供が笑顔になる。女性は朝陽から奪うように子供を抱き上げた。

「なにって……危ないですよ。こんなところに、こんな小さな子を一人で置いていくなんて」

「しょうがないでしょ！　連れてったらダダばっかり言って、うるさいんだから！」

「いや、でもだからって……」

「いつもちゃんと一人で遊んでます！　あなたが連れ出そうとしたんじゃないんですか」

あらぬ疑いをかけられて、にらまれた。

「ちがいますよ！　俺は……」

「もう行ってください。警察呼びますよ」

こんなことで通報されるなんて理不尽すぎないか。朝陽はあきれたのと怒りとで、

「俺も、一応、警察官です」

と名乗った。「一応」とつけたのは、確かに採用試験に合格し、身分的には巡査だが、まだ

手帳も制服ももらっていない半人前だからだ。

制服はまさに今日、警察学校に着校したあと、貸与される予定だけれど。

「そ、それならそうとさっさと言えばいいでしょう！　私、急いでるのに！」

女性は逆に怒ったようだった。くるりとこちらに背を向けて歩きだす。

「子供を一人にしないでくださいね！　子供の行方不明って多いんですよ！」

本当は怒鳴ってやりたいほどだったが、ぐっとこらえて、朝陽はその背にそう声をかけた。

本当に、子供を一人にしないでほしい――心からの警告だったが、女性は振り向きもしない。

「にーちゃ、ばいばい」

母親の肩越しにその子が笑顔で手を振ってくれたのが、小さな救いだった。

やるせなさを飲み込み、笑顔を作って、「バイバイ」と手を振り返す。

今日、朝陽は神奈川県警察学校に入校する。警察官になるのは子供の頃からの朝陽の夢であり、目標だった。今度は自分が人に安心感を与える存在になりたい――その一心だ。

今の世の中では若い男性が人助けをしたくても、まず警戒されてしまう。駅の階段で困っている若い母親に「ベビーカー、持ちましょうか」と声をかけ、「けっこうです」と怯えたような視線を向けられたこともある。

早く警察官になりたい。親切心を警戒されるたび、そう思った。制服を着ていれば、下心を邪推されることもないし、今日のように当たり前の注意に逆ギレされることもないだろう。

がんばろう。思いも新たに朝陽は駅へと急いだ。

電車を乗り継ぎ、一時間。早めに家を出たおかげで、指定された時間前に学校に着いた。ほっとしつつ、同じようなスーツ姿の新入生たちと校門を入った、そのとたん――。

「なーにをたらたらしとるかあ！　走れ！　走らんか！」

竹刀（しない）を持った教官に怒鳴られた。あまりの迫力に「ひ」と背筋が伸びる。ほかの学生たちと一緒にあわてて走りだした。

正面の本部棟を横目に、案内にしたがって、左手にある講堂に向かう。その入り口前でも、

「二列に並べ！　おまえら小学校からやり直せ！　列も作れんのか！」

別の教官にまた怒鳴られた。

走ってきた学生たちは多少迷いながら、二人ずつ並んで列を作る。朝陽もそそくさと列についた。警察学校は厳しいところだと噂（うわさ）には聞いていたが、教官の怒鳴り声の迫力は想像以上だ。だが、ここで逃げるわけにはいかない。泣いても笑っても、ここを卒業しなければ警察官にはなれないのだ。

がんばるぞと、気合を入れ直す。と、幾人かの学生が朝陽のほうを振り返ったり、意味ありげな視線をかわしたりしているのに気づいたのはその時だ。

（え、俺、なにか変？）

一瞬あわてたが、よく見ると、彼らの視線は微妙に朝陽から上のほうへとそれている。

なんだ？　と振り返って……驚いた。

（モデル？　いや、俳優？）

朝陽の後ろに立っていたのは芸能人としか思えないような容姿のイケメンだった。甘さ控えめでクールな印象の端整な顔立ちに、一八〇を軽く超えていそうな長身、スーツの似合う肩幅と胸の厚さをあわせ持っている。

（もしかしたらドラマの撮影？）

警察学校を舞台にした二時間ドラマが評判になったのは少し前だ。その新しいシリーズの撮影だろうか、下見だろうかと思ったが、イケメンはほかの学生たちに混ざって、列に並んでいる。ほかにスタッフがいるようにも見えない。まさか同期生だろうか。

玄関を入ったところに長机があり、そこで着校の申請をするようだった。朝陽が名前を告げ、受付をすませたところで、隣にそのイケメンが来た。

「おはようございます。短期課程初任科第一五七期、天羽尊（あもうたける）です」

「え」

あもうたける。

聞こえてきた名前に驚いて、朝陽は振り返った。ありふれた名前ではない。まさか……。

すぐに気づけなかったのも無理はない。十年前、小学六年生だった天羽尊は丸顔だったし、クラスで一番小さく、朝陽よりも背が低かった。今は男らしい面長な輪郭になっていて、身長一六八の朝陽より頭半分背も高い。だが、引き締まった口元や、目線の強い黒い瞳、意志の強さとまっすぐな気性が伝わってくるようなその横顔には、確かに幼い頃の面影が残っている。

（ホントに天羽だ）

それがかつての友達だとわかったとたん、朝陽は回れ右したくなった。なぜこんなところでまた会うのか。バツの悪さに襲われる。

「おまえが天羽か。採用試験、満点でトップの」

朝陽がそろりと一歩下がったところで、受付の教官が大声でそう言った。まわりがざわめく。

「慶應出てんだろ。なんでキャリア目指さなかったんだ」

慶應か、頭よかったもんなと納得すると同時に、こんなところでキャリアうんぬんと言われてしまう尊に同情めいた気持ちも湧いた。だが、いきなり出身大学名を出され、警察庁に入ればよかったと言われても、尊に動じる気配はなかった。顔色一つ変わらない。

「わたしは地元の治安と市民のために働きたいと考えて警察官を志しました。市民に安心して頼られる存在になりたいと思っています。最初から県警以外に勤める気はありませんでした」

面接試験でもそう答えたのだろう、尊の回答はよどみなかった。

「そうか。期待しているぞ、がんばれ」

教官から励ましの言葉をもらい、小さく一礼してから、尊は受付から離れた。

逃げそこなった。尊は突っ立っている朝陽の正面に来る。

「あ……」

なんと言おう。おまえ、小学校、富士見小だった？　俺、誰だかわかるか？　十年ぶりに会えた小学校時代の同級生。普通なら笑顔ではしゃいだ声をかけるところだけれど……。

どう切り出せばいいのか、とまどっていると、尊に冷たい目で見下ろされた。

「日野か。富士見小で一緒だった」

尊のほうから問いかけてはくれたが、その表情は固く、笑みのかけらもない。

「あ、うん、天羽……久しぶりだな」

敵意はないぞ、また会えてうれしいぞ、そんな気持ちをあらわすのに笑顔を作ろうとしたが、頬が自分でも不自然に強張るのがわかった。なにもなかったかのように振る舞っていいんだろうか……とまどいで表情がうまく作れない。

「お、俺のこと、よくわかったな」

「変わってないからな」

すげなく返された。童顔のままだと言われたようで少々むっとくるが、本当のことだから仕方ない。

講堂に入っていくほかの学生について歩きだしながら、

「教場は？」

短く尋ねられた。警察学校ではクラスは「教場」と呼ばれ、担任教官の名を冠して称される。

「あ……俺は、南部教場……」

「じゃあまた同級生だな」

それを喜んでくれている雰囲気ではなかった。喜んでいないのはこちらも同じだと開き直るか、あるいは、あの頃はごめん、と先にあやまるか。頭が高速でこの場面での最適解を探す。

「ま、まさかここでまた一緒になるとは思わなかった。びっくりしたよ。これからよろしくな」

いまさら余計な波風は立てたくない。十年も昔の子供の頃のことはともかく、再会した以上はまたなごやかにやっていきたい。同じ教場ならなおさらだ。朝陽はなんとか笑顔を作った。

しかし、朝陽の「十年ぶりに再会した友達への当たりさわりのない一言」への尊の反応はやはり冷たかった。ちらりと朝陽のほうを見て、無言で視線を前へ戻す。

気まずい沈黙が落ちた。

「あ、あのさ、俺、あの時……」

やはりさっさとあやまってしまおう。そう思って切り出したところで、

「私語はつつしめ」

と講堂の扉前に立っていた教官に鋭く注意された。

首をすくめ、尊に続いてそそくさと扉を入った。

講堂は前方のステージに向かって階段状になっていた。ステージ前の椅子に、各教場ごとに五十音順に並んで座るよう指示される。

ア行の尊は最前列に腰かけ、ハ行の朝陽は後ろのほうだった。席が離れて、正直ほっとする。

（まさかこんなところでまた天羽と一緒になるなんて……）

大学を卒業して採用試験を受けた朝陽たちはこれから六ヶ月間、警察学校の寮で暮らす。これから半年、朝から晩まで一緒に過ごすのか……。溜息が出そうになる。

前方の席に座る尊を見た。背を綺麗にしゃんと伸ばし、前を向く後ろ姿はいかにも彼らしい。当時のことを彼はどう思っているのだろう――。

着校式に先立ち、まずは警察学校での立ち居振る舞いについて細かな注意があった。いわく――座る時には背もたれを使わず、視線はまっすぐ前、手は膝（ひざ）の上、肩と胸を張ること、三歩以上の移動は小走り、教官とすれちがう時には立ち止まり、十五度のお辞儀をすること……。

少しでも背中が丸まっていると、すぐに「そこ！」と叱声（しっせい）が飛んでくる。

最初の洗礼のあと、校長が壇上に立った。着校式が始まる。

制服制帽を着用した上で、来賓や家族の者も迎えての入校式は二週間後だが、実質的に今日から警察学校での毎日が始まるとあって、学生の顔はみな、引き締まっている。朝陽も緊張して話を聞いた。

驚いたのは、新入生代表として尊が壇上に上がったことだった。着校にあたっての気構えや覚悟を表明する姿は落ち着いて堂々としている。

（さすがだなあ）

小六の二学期の終わりに尊が引っ越していくまで何度か同じクラスになった。どの学年で同じクラスになった時も、尊はクラスで一番背が低かった。けれどどのクラスでも一番頭がよく、運動もでき、教師にも一目置かれるほどしっかりしていた。学級委員にも児童会の役員にもよく選ばれていて、運動会で開会宣言をしていた姿と眼前のスーツ姿が重なる。

もの思ううちに式は終わり、次は講堂から本館へと移動して、各教場に入った。

「教官の南部隆宏だ。半年間、おまえらを指導する。舐めたやつには容赦せんからな」

正教官は五十代とみえる、髪に白髪の混ざりだした男性だった。鋭い目つきで学生たち一人一人を吟味するように見回す。

助教官は南部より学生に近い年のようだったが、それでも三十は越えていそうな女性だった。こちらも「勝手は許さん」と言わんばかりの目つきで学生たちににらみをきかせている。

ネットで「罵声や暴力に慣れさせるためにわざと教官は生徒に厳しく当たる」と見たことがあるが、教官たちは本当に生徒が憎いんじゃないかと思えてくる。

教場で教科書や資料を受け取ったあとは、厚生棟にある食堂へと連れていかれた。これからの寮生活で三度の食事をとる場所だ。正副教官に見られながら、食べた気のしない昼食を終え、次はまた本部棟で制服と貸与品を受け取り、警察手帳用の写真を撮られ……やっと寮へと案内された時にはもう三時を回っていた。

　階段で三階まで上がる。廊下にずらりと並んだ各部屋のドアの横には、先に送った段ボール箱が積まれていた。

「夕食は六時半から。それまで荷物の整理。夕食後、部屋の点検をするからな」

　やっと部屋で休める……と思う間もなく、南部から点検の予定を告げられる。休んでいるひまはなさそうだ。

（３２７、３２７……）

　もらっている鍵の番号を探して廊下をいく。３２７号室は突き当たりから一つ手前の部屋だった。突き当たりは３２８号室。そのドアの前に尊が立っているのを見て、気持ちがずんと沈んだ。

（マジか）

　できれば端と端に分かれていたかったのに。

　今日一日、同じ教場での移動や行事のあいだ、たまたま近くをすれちがっても尊のほうから話しかけてくることは一切なかった。視線さえ合わなかった。

　それは「おまえと仲良くする気はない」という尊のほうからの意思表示なのだと受け止めるしかないが、だからこそ、こちらからは大人の対応が大事だと、朝陽はドアまでの数メートルで腹をくくる。

「部屋、隣なんだ。よろしくな」

笑顔を作って挨拶した。無視されるかと思ったが、尊はちらりとこちらを見て、

「ああ、よろしく」

と短く返してくれた。無視されなかったことに勇気を得て、段ボールを持ち上げる尊に、

「あのさ……あの頃は、ごめん」

朝陽は思い切って切り出した。「なにが」と尊が冷たい視線をよこす。

「だから……おまえが引っ越していく前……俺、ひどい態度だったから……」

これから半年、いやでも一緒に過ごすのだ。禍根(かこん)は少しでも減らしておきたくて口にした謝罪だったが、

「あやまってもらうようなことじゃない」

尊の返事はすげなかった。ぱしゃんと目の前でドアを閉められたようだった。思い切ってあやまったのに受け入れてもらえなかったバツの悪さをひしひしと感じつつ、朝陽は、

「で、でもさ」

と言葉を継いだ。ここで引っ込んだら、それこそ後味が悪いままになってしまう。

「びっくりしたよ。まさかこんなところで、また一緒になるなんて」

「……そうだな」

意外なことに、尊は段ボールを持ち上げたまま、足を止めた。話には応じてくれるらしい。

「おまえも警察官を目指すとは意外だ。サッカー選手になるんじゃなかったのか」

そういえば、「将来の夢」を題材にした文集で「ぼくのゆめはサッカー選手になることです」と書いた気がする。

「よくおぼえてるな」

尊のほうから話を広げてくれたこともうれしかったし、おぼえていてくれたことも驚きだった。朝陽は思わず身を乗り出す。

「やっぱりさ、あの時、警察の人にすごくよくしてもらったの、好印象だったよな」

天羽もあの時のことが理由で？　と続けようとしたが、「は」と鼻で笑われた。

「まさかそれで警官になろうと思ったとか言わないよな？」

冷たい笑みを向けられる。ただでさえ身長差があるのに、目をすがめられ、顎(あご)をわずかに上げられると、ひどく見下され、バカにされているように感じられる。

「え……」

まさにそれがきっかけだった。それのどこがまずいのか？

わけがわからなくて見返すと、尊はふっと笑みを消した。真顔になって正面の壁をにらむ。

「よくしてもらったのがなんだ。大の大人が雁首(がんくび)そろえて、結局、なにも解決してないだろ」

「それは……」

それは、と言いかけて、あとが続かない。警察の人にはよくしてもらったし、すぐに大挙してやってきた制服の集団は頼もしかった。だから朝陽は自分も警察官になりたいと思ったのだ。

しかし尊が言うように、いまだになにも明らかになっていないのも本当だ。

「警官なんか全然頼りにならない。だったら俺が、しっかりと頼れる警官になってやる」

固い口調でそう言い切ると、尊は朝陽へと視線を向けた。

「それが俺の本当の志望理由だ。あの時も今も、警官はぬるすぎる」

その目の奥に怒りがあるのを見てとって、朝陽は言葉に詰まった。警察の人たちに助けられた、カッコよかったと思っていた自分が、ひどく浅はかだったような気がしてくる。

朝陽がなにも言えずにいると、尊はもう無言でドアを入っていった。

しばらく呆然と、閉まったドアを見つめてから、朝陽は自分の部屋のドアを開いた。段ボールをかかえて運び込む。

狭い部屋だった。手前に小さな靴箱と戸棚の扉があり、奥にベッドと勉強机がある、細長い四畳ほどの空間だ。まず今日貸与された制服を袋から取り出し、壁際のハンガーに掛けたところで手が止まった。

新品の、ぴかぴかな制服だ。白シャツに濃紺のズボン、上着は二種類。袖章のついた、式典などでも着用する制服と、丈が短く、袖口が絞ってある活動服。帽子も二種類ある。

――ずっと、憧れていた。

しかし同じ警察官たちに接しながら、尊はまったく逆の印象を警察官にいだいていたのか。

この十年、何度も思い出した「あの日」のことを、朝陽はまた思い返した——。


十月二十日だった。

その日、富士見小学校六年生は遠足でみやま高原キャンプ場を訪れた。ふもとの駐車場までは大型バスで行き、そこから事務室の建物やトイレ、屋根付きの炊事場などがある中央広場までなだらかなアスファルト道を登った。

林のなかを通る道はいつも車の影に注意しなければならない街中とはちがって、解放感があった。秋晴れの気持ちのいい日で、朝陽も同級生たちもはしゃいでいた。

三十分ほどで着いた中央広場の横には子供の膝ぐらいの深さの清流が流れていて、テンションはさらに上がった。水には入るなと注意されたが、水際で水をすくって掛け合ったり、石を投げ入れて誰が一番水しぶきを上げられるかを競ったりして、とにかく楽しかった。

しばらくその川辺で遊んだあと、全員で弁当を広げた。

「外で食べると美味(おい)しいねえ」

と言い合って、楽しく食べ終えた。

そこまではなにごともなく順調だった。

食後は五、六人の班ごとに地図を持って、キャンプ場内のチェックポイントを回るオリエンテーリングがおこなわれた。キャンプ場には中央広場のほかに五ヶ所のテントサイトと二ヶ所のバンガローサイトがあり、それぞれのサイトをめぐる散策道が整備されていた。ミッションはサイトごとにもうけられたチェックポイントでハンコを押してマップを完成させるというものだった。チェックポイントをめぐる順番は決まっておらず、班によってちがうルートを選ぶことができた。

出発前に、絶対に道からはずれないこと、林のなかに絶対に入らないこと、川のほうへも行かないこと、班は全員かたまって行動することをしつこいほどに注意された。タイムトライアルで優勝した班には賞品が出ることになっていたが、それは今から思えば、子供たちに道草を食わせないための方策だったのだろう。

何度も同じ注意を聞かされたあと、各班は五分おきに中央広場を出発していった。

朝陽はほかの四人の同級生たちと一緒に三番目に出発した。班長が天羽尊、副班長が女子の後藤朱里（ごとうあかり）で、朝陽のほかに里崎流星（さとざきりゅうせい）、横井（よこい）さくらがメンバーだった。

「一番目指そうぜ、一番！」

朝陽が人差し指を立てて主張すると、尊も「一番、いいな」と同調してくれた。

「走っていこうか」

「いや、坂道が多いから、それだと後半ばてちゃうよ。行きは登りだから体力温存して、下りで時間をかせごう」

体力配分を考えて、ぱっと方針を立てる尊はさすがだった。

「それがいいね」

とほかの三人もうなずいて、三班はまず一つ目のカラマツバンガローサイトを目指した。

班長の尊が先頭を歩き、その後ろに朱里とさくらがつき、朝陽はクラスで一番仲がよかった流星と一番後ろについた。新作のゲームソフトをいつ買ってもらえそうか、今プレイ中のゲームの隠しアイテムはどこでゲットできるか、そんなことをしゃべっていた。

その日の流星の服装はよくおぼえている。流星は「女の子色」が好きだったし、そういう色が似合うタイプだった。その日も流星はピンクと黄色のキャップに、やはりピンクのパーカー、ジーンズに水色のリュックという、目立つ色目を身にまとっていた。当時、流星は髪も茶色に染めていたが、中学生になったら黒く染め直すつもりだったのだろうか。

子供だけのオリエンテーリングだったが、今から思っても企画はしっかりしていたと思う。

林のなかを通る散策道はきちんとアスファルトで舗装され、道からはずれてすぐに斜面があるようなところにはガードレールがもうけられていた。要所要所に教師とキャンプ場のスタッフが立ち、「地図だけを頼りに冒険」というわくわく感は正直、あまりなかったほどだ。

二つ目のヒイラギテントサイトのチェックポイントまでは五人は出発時の隊形のままで進んだ。立ち止まって団子になったのは、二つ目のチェックポイントを過ぎてすぐの、道が左右に分かれるところだった。

　左に行けば山頂側にあるアカマツテントサイト、右に行けば、キャンプ場で一番奥まったところにあるモミノキテントサイト。どちらを先にするか、尊がみんなの意見を聞きたいと言ったからだ。全員で地図をのぞき込んだ。

「元気があるうちに坂をのぼったほうがいいと思うな」

　そう言ったのは流星だ。

「それは一理あるな」

　尊がうなずき、朱里とさくら、朝陽にも異論はなく、班は左手の登りの道へと入った。

　その時、それまでと同じように流星の隣に並ばなかったのを、今でも朝陽は悔やんでいる。

「アカマツテントサイトまでどれぐらいかかるの？」

「たぶん、これまでと同じくらいだから、十分もかからないと思うよ」

　尊とそんな会話をかわした。当時、朝陽は尊とも漫画や本を貸し借りして仲良くしていた。

　そのまましばらく、おそらく二、三分、朝陽は尊と肩を並べて歩いた。尊は親にゲームを禁止されていたが、代わりに漫画や本にはくわしかった。流行(はや)っていた「パンサーパンサー」というアニメが原作漫画とどうちがうか、そんな話をした。

「あ、そのキャラ、流星が好きなんだ！」

　尊が話してくれたエピソードが面白くて、朝陽は流星にも聞かせたいと思って振り向いた。

「あれ？」

すぐ後ろに女子二人がいた。だが、その二人の後ろには誰もいない。

「流星は？　あれ、いない？」

道はゆるいカーブの登りになっていた。カーブの内側を歩いていた朝陽はカーブの外側へと数歩、道を戻りながら移動した。が、特徴的なピンクと黄色のキャップは見えない。

「ねえ！　流星がいないよ！」

朝陽は先をいく三人に向かって叫んだ。すぐに尊が足を止めて振り返った。女子二人と一緒に戻ってくる。

「いないって？」

カーブを少し戻るとさっき通過してきたチェックポイントまで見通すことができた。だが、その坂道に流星の姿はない。

その時はまだ、朝陽は友の姿が見えないのをそれほど大変なことだとは思っていなかった。

「どこ行っちゃったんだろう？　トイレかな」

だが、二つ目のチェックポイントのヒイラギテントサイトのトイレ付近にも人影はない。

「後藤さん」

尊が副班長を振り返った。

「里崎とは一緒に歩いてなかった？」

　朱里はさくらと顔を見合わせた。

「流星、わたしたちの後ろを歩いてた……と思うんだけど」

「いつの間にかいなくなってたの？」

　うん、と女子二人がうなずく。

「どっか勝手に入っちゃったのかな」

　道からそれてはいけないと何度も注意されていたが、木立の中になにか珍しいものでも見つけたんじゃないのか。そう思った朝陽は、

「流星ー！　流星、どこー？」

　大声で呼びながら、カーブ外側の林をのぞき込んだ。

　キャンプ場の敷地内は人工的な植林がされているようだったが、細いロープが張られた向こう側は木立が密で暗く見えた。その奥に人工的なピンクや水色が見えないか、朝陽はしゃがんだり首を伸ばしたりした。

「いる？」

　尊が横に来て、一緒に林をのぞき込んだ。

「里崎ー！」

　と尊も名を呼ぶが、応えはない。

「こっちかな」

朝陽はカーブの内側へと道を横切った。こちらは入口の植林ばかりなので、視界が明るい。

しかし、やはり流星の姿は見当たらない。

どうしたんだろう。その時になって朝陽は急に不安になってきた。胸の奥が、急に日が落ちたように暗くなってざわざわする。

「流星ー！」

さっきよりも大きな声で呼んだ。伸び上がったり座ったりして、林の奥をのぞき込む。

「里崎ー！」

「里崎くーん！」

みんなでかわるがわる、周辺の木立のきわまで行って大声で呼んだが、応えはなかった。

仕方ない。朝陽が一歩、林の中へ入りかけたところで、

「中央広場に戻ろう」

尊が踵(きびす)を返した。元来た道を戻りかける。

「先生に里崎がいなくなったことを早く伝えなきゃ。日野も来て！　林に入っちゃダメだ！」

「え、でも」

ついさっきまで一緒にいたのだ。周辺を探せばすぐ見つかる気がしてならなかった。

「きっとすぐ近くにいるよ。もう少しだけ探せば……」

「これだけ呼んで返事がないし、姿も見えない。早く先生に報告したほうがいい」

そう言う間も惜しいかのように、尊は二歩、三歩と下へと歩みを進めている。

「でもまだちょびっと呼んだだけじゃん！　もうちょっとだけ探せばすぐに……」

「道からそれちゃいけないって言われてるだろ。林のなかに入って探すのは絶対ダメだ」

「でも……ついさっきまで……」

すぐ後ろを歩いていたはずなのだ。そんなに遠くに行っているとは思えない。朝陽は文字通り、後ろ髪を引かれる思いで背後の木々を振り返った。

「流星！　隠れてんなよ！　出てこいよ！」

もう一度声を張る。だがやはり、流星からの返事はない。不安がむくむくと大きくなった。

両手をメガホンにして金切り声で叫んだ。たまらず林のなかに一歩二歩と入りかけると、

「りゅーせー!!」

「日野！　林に入るな！」

尊にぐいっと腕を引かれた。

「じゃあ天羽たちだけ先生に報告に行けば。ぼくはここで探してるから」

いつも冷静そうな尊が本気でいらだったように、肩を上下させた。聞き分けのない相手に、腹が立っているのだろう。

「班は絶対全員一緒に行動しなきゃダメだ！　班長はぼくだ。先生に報告に行く」

「いやだ」

朝陽は頑固に言い張った。中央広場まで急いでも十分はかかる。そのあいだに探したほうが絶対にいい。

「じゃあ多数決だ。ここで里崎を探したほうがいいと思う人」

女子二人が困ったように顔を見合わせた。「はい！」と手をあげたのは朝陽一人だ。

「次に、先生に早く報告したほうがいいと思う人」

今度は女子二人の手がおずおずとあげられた。尊も当然手をあげる。

「三対一。急いで戻るよ！」

多数決で決められては仕方なかった。女子二人が、学級委員で児童会の会長で、勉強も体育もよくできる尊の主張に反対できないのが腹立たしい。しかし、多数決は多数決だ。

朝陽はしぶしぶ道に戻ったが、そうと決まれば今度は一刻も早くまたここに戻ってきたい。不安に突き動かされて走りだした。尊も駆けだす。

尊と肩を並べて、競うようにして中央広場を目指した。

途中、モミノキテントサイトへの分かれ道に立っていた教師に尋ねたが流星は来ていないという。念のためにヒイラギテントサイトとカラマツバンガローサイトのトイレものぞいたが、やはり流星の姿はなかった。

「里崎くんがいなくなりました！　ヒイラギテントサイトからアカマツテントサイトに行く途中の、最初の大きなカーブのあたりです。トイレにもいませんでした！」

尊の報告に、教師陣は騒然となった。数人の教師とともに尊と朝陽はキャンプ場の作業用のバンに乗って流星が消えた場所に戻り、どこで流星がいなくなったことに気づいたか、説明した。今度は教師たちが林に入り「里崎ー！」と声を張ったが、やはり流星はいなかった。

おおごとになった。オリエンテーリングはもちろん中止となり、生徒たちは中央広場に集められた。すべてのトイレや建物がチェックされ、それでも流星は見つからず、誰もが不安そうな顔をしていた。

一台、二台、三台、四台……サイレンを鳴らして次々にパトカーがやってきた。山の中で聞くパトカーのサイレンはものものしく、朝陽たちの不安は掻き立てられるばかりだった。

四台目のパトカーが中央広場の脇に停まり、後部座席から私服の男性が二名、降りてきた。

「刑事だ！」

誰かが目ざとく叫んだ。

「背広着てるだろ。おまわりさんは制服なんだけど、刑事は背広でもいいんだよ」

興奮した早口の説明が続いた。

三班の朝陽たちは担任に呼ばれて、その背広姿の男たちの前に立った。

「やあ、こんにちは。ぼくは谷口規也といいます。みやま警察署の刑事です」

初めて会う谷口刑事は父親と同年代のおじさんに見えた。四十代前半だっただろうか。だが子供を子供とあなどることなく、きちんと挨拶をしてくれたことに、朝陽は好印象をいだいた。

「君たちの名前を教えてください」

こちらの顔と目を正面から見て、一人一人から、谷口は丁寧に流星がいなくなった時の状況を聞きだして、メモをとった。

「ありがとう。友達がいなくなって心配だろう。流星くんはぼくたちがしっかり探すからね」

最後に谷口にそう言われて、朱里とさくらが泣きだした。ぐっとこらえたが、朝陽もあと少しで泣きそうだった。

さっきまで一緒にいた流星がどうして急にいなくなったのか、わけがわからなくて不安で、心配で、どうしようもなかったのだ。そんな時に立派な大人が「しっかり探す」と言ってくれて、一気に緊張がゆるんだせいだ。

しかし、それから一時間ほど、教師、キャンプ場のスタッフ、十人近くの警察官も加わって探したが、里崎流星は見つからなかった。

あの時、中央広場に戻らず、すぐにまわりを探していたほうがよかったんじゃないか。

口には出さなかったが、朝陽は何度もそう思った。尊が反対するから……。

朝陽は非難を込めて何度も尊の横顔を見た。尊は朝陽のその視線に気づいていなかったわけはないと思うのだけれど、無言のまま、朝陽のほうを見ることはなかった。

捜索は長引き、予定より一時間ほど遅い三時過ぎになって、流星以外の生徒たちは学校に戻ることになった。流星を置いてきぼりにするようで朝陽はいやだったが、仕方がない。

秋の夕陽が長い影を落としている校庭には迎えの保護者たちが大勢詰めかけていた。親の顔を見てほっとしたのか、あちらこちらで泣きだす生徒が多かった。

そんななかで――。

「流星？　流星、どこ！」

うわずった、必死な声が響いた。流星の母親だった。

「天羽くんは⁉　日野くんは⁉」

朝陽は迎えに来てくれていた自分の母親と顔を見合わせた。流星とは幼稚園も同じで、小さな頃から互いの家を行き来していて親同士も顔見知りだ。

「日野くん！」

こちらに気づいた流星の母親は目が吊り上がっていた。ぎょっとして怖くて、逃げたくなるが、人をかき分けて流星の母が来るほうが速かった。

「流星と同じ班よね⁉　どうして流星がいなくなったの！　一緒だったんでしょう！」

摑みかからんばかりの勢いで詰め寄られ、朝陽は怖いのと申し訳ないのとで動けなくなった。

その時だ。

「すみませんでした！」

横から大きな声がした。尊だ。

「ぼくが班長でした。全員一緒に歩いているつもりだったのに、いつの間にか里崎くんが消えてて……」

「だからどうして！　一緒に歩いてて流星だけが消えるの！　どうしてあなたたちは帰ってきて、流星が……」

　無事に帰ってきたことを責められている――そう感じて朝陽は微動だにできなかった。尊はどうだったのだろう。やはり固まっていたような気がする。

　いつの間にか、まわりはしんとして、全員がこちらを見ていた。

「里崎さん」

　呼びかけたのは朝陽の母だった。

「この子たちを責めるのはちがうと思います。どんな計画で、どんなルートを歩いていたのか、先生にきちんと聞きましょう？」

　うーっと獣じみた唸り（うな）が流星の母の喉（のど）から漏れた。両手で顔を覆ってうずくまる。大人がそんなふうに人前で泣く姿を、その時朝陽は初めて見た。とんでもないことが流星の身に起きたんだと、改めて突きつけられた。

　朝陽の母が隣にしゃがんで、流星の母の背をさすった。

「きっと見つかりますよ、大丈夫ですよ」

　無責任な慰めだったかもしれないが、ほかに言いようはなかっただろうと今では思う。

　その時になって担任と教頭が一緒になってやって来た。流星の母親をなだめながら、校舎のきて、本当によかったんだろうか。
母にぽんぽんと背中を叩かれて、朝陽はぎくしゃくと母を見上げた。自分たちだけが帰って
「帰りましょう。さっき言われたことは忘れなさいね」
ほうへと連れていく。

「ぼく……」

「あなたたちは悪くないから。里崎さんだって本当はわかってるから。大丈夫」

あなたたち。一緒に責められた尊は青い顔をしていた。朝陽の母は朝陽と尊、両方にうなずいてみせてくれた。

「あなたたちは悪くないの。流星くんは気の毒だけれど、あなたたちのせいじゃないの」

母親に力強くそう言われて、心に叩きつけられた棘がぽろぽろと抜けるようだった。もちろん、痛みはすぐには消えなかったけれど。

「天羽くん、おかあさんが帰るまで、うちに来る？」

尊の母は中学校の教師で、授業参観にもめったに来なかったが、その時もやはりまだ来ていなかった。

朝陽の母がそう誘ったが、尊は首を横に振った。

「大丈夫です。一人で帰れます」

「そう？」

そこからの記憶はあいまいだが、おそらく尊は一人で帰ったのだろうと思う。

次の日、給食が終わったところで、朝陽と尊は校長室に呼ばれた。谷口が教頭、校長とともに立っていた。

「やあ、こんにちは。ゆうべはちゃんと寝れたかな？」

そして谷口は今日は朝から百人態勢でキャンプ場周辺を徹底的に捜索していること、不審者が山に立ち入っていた可能性を考慮して、周辺の聞き込みも合わせておこなっていること、さらに谷口が捜索班の班長となったことを報告してくれた。

「まだなにも見つかってはいないけれど、しっかり探すからね」

朝陽と尊の目を交互に見つめて話す谷口は頼もしかった。この人がいてくれるなら、大丈夫——そう感じることができたのだ。

友達がいきなり消えてしまった小学生の朝陽には、谷口の存在がとても心強かった。

『遠足の小学生男児、みやま高原キャンプ場で行方不明』

そのニュースは全国ニュースでも取り上げられ、大勢の警察官や消防隊員が林間を捜索する様子がテレビにも映し出された。制服姿の大人たちが流星を探してくれている様子に、朝陽はやはり元気づけられた。

しかし——その後、何日にもわたって警察官が延べ数百人投入され、キャンプ場内はもちろん、みやま高原のある御山山（みやまさん）全域が捜索対象になっても、流星の持ち物一つ出てこなかった。

そんな捜索に動きがあったのは五日目、十月二十五日のことだった。

死体が見つかったという一報がニュース速報で流れた。

キャンプ場は「みやま高原キャンプ場」と名づけられているが、実際は御山山の中腹あたりのなだらかな斜面を切り開いて造られている。四合目あたりに駐車場があり、そこから六合目あたりにかけて、ひし形にキャンプ場がもうけられている形だ。

死体が発見されたのは、その駐車場から山のほうへとかなり深く分け入った森の中だった。死体は深く掘られた穴のなかに、身体を丸めるようにして埋められていたという。

普通だったら見つからなかっただろうその死体が見つかったのは、捜索に駆り出されていた警察犬の鼻のおかげだった。新たに掘り返された土と吠(ほ)え続ける警察犬に、おそらく捜索陣は色めき立っただろうが、出てきた死体は成人男性のものだった。

検死の結果、その男性の死因は鈍器殴打による頭部陥没とみられ、死後六日から七日と推定された。身元は少し離れたところに落ちていた携帯電話から割り出された。

小学生行方不明事件の捜索により発見された他殺体。県警本部に殺人事件の本部がもうけられ、一度落ち着きだしていたマスコミの取材や報道はふたたび加熱した。

しかし、さらに大人数が投入された捜索にもかかわらず、流星は忽然(こつぜん)と姿を消したまま、やはり持ち物の一部すら見つからないままだった——。

──あの時、すぐにもっと探していれば……。

当時からずっと、朝陽は同じことを考えている。過ぎ去った時間に「ＩＦ」はないとは、よく言われることだ。経過した時間が巻き戻ることは絶対になく、起きた事象がくつがえることも、消えることもない。後悔先に立たずというが、どれほどの無念をかかえて「もう一度」と思っても、時間の流れは一方向で還らない。

それでも、朝陽は思わずにいられないのだ。あの時、もし、と。尊が朝陽の主張に同意してくれていたら。先生に報告に行くかわりに、すぐに周囲を探していたら、と。

教師にも谷口刑事にも、「子供だけで探さなくてよかった。とにかくすぐに大人に知らせたのはいいことだよ」と言われた。おそらく他殺体が埋められたのは夜間のことだっただろうが、その殺人犯が流星の行方不明にかかわっていないという保証はない。もしかしたら、君たちも危ない目に遭っていたかもしれないんだよ、と。

しかし、なにを言われても朝陽は納得できなかった。

流星がいないと気づいてすぐのあのタイミングなら、流星は絶対にまだ近くにいたはずなのだ。自分たちが中央広場に行って帰ってくるまでのあいだに、流星は手の届かぬところに行ってしまった……。

一人欠けた教室でこれまでと同じように日々が流れだしても、朝陽は尊を許せなかった。

尊の発言にいちいち突っかかったり、ドッジボールで尊ばかり狙ったりした。そんな子供っぽい当てつけは尊にもいらだたしかったのだろう。「どういうつもりだ」と面と向かって聞かれ、朝陽は「流星が見つからなかったのはあの時すぐに探さなかったせいだ」と言い返した。

その時、尊はなにも言わず、じっと朝陽を見つめてきた。にらまれたと感じた朝陽は目をそらさず、尊をにらみ返した。

尊の態度が変わったのはそれからだ。互いに無視し合うような形になった。二人のあいだには険悪な空気が漂い、そのままだったら殴り合いにまで発展していたかもしれない。

しかし遠足から二週間ほどのある日、突然担任から尊の転校が発表され、それからわずか十日ほどで尊は去っていった。同じ県内だが、県庁所在地のある横浜市への引っ越しだった。

最後まで朝陽は、「ぼくはおまえに怒ってるんだぞ」と態度で示し続け、尊はそんな朝陽の態度に「ぼくも君に怒ってるから」と言い返してきているように思われた。

「元気でね」

最後の別れの日、クラス全員で一人ずつ尊に別れの言葉を送ったが、朝陽の言葉にだけ、尊は返事をしなかった。口先だけでみんなと同じことを言ったのがバレていたのだろうと思う。

そんなふうだったから、当時、朝陽のなかに転校していった尊をなつかしく思う気持ちはまったくなかった。しかし、高校生になり流星の行方不明事件をネットで検索するようになって、朝陽は初めて尊に同情めいた気持ちをおぼえるようになった。

事件後は一年に一度、十月になると、谷口が捜索経過を朝陽に報告しに来てくれていた。

「なにか思い出したことがあればいつでも連絡してね」

その最後の一言を言うための訪問だったのだろうけれど、律儀な報告は朝陽が高校を卒業するまで続いた。おかげで、朝陽は流星の捜索にも、殺人事件の捜査にもなんの進展もないことを知っていた。それでもネットを使ったのは、なにか手がかりになるようなことを誰かがどこかに書き込んでいないかと思ってのことだった。

だが検索の結果、朝陽が目にしたのは、匿名掲示板「ツーボード」に書き込まれた、無責任で中傷めいた発言の数々だった。

『ピンクと黄色の帽子とか草　女の子とまちがわれてヘンタイにさらわれたんだろ』

『いやあれはないわ　親の神経疑う』

『男の子だとわかってさらったのでわ』

『死体遺棄事件の犯行現場見ちゃったんじゃないの　それでその子も殺されたんだよ』

『いじめじゃないの　同じクラスだったやつの兄貴が同中だったんだけどそいつ陰キャでクラス全員にいじめられてたってさ　みんなで川に沈めて押さえつけたらしい　海まで流れたって』

『いじめでFA』

好き勝手な発言はどれも腹立たしかったが、いじめだと断定している発言には涙が出るほど腹が立った。

『陰キャがピンクと黄色の帽子かぶってくるか、バカ。』

『同中のやつってだれだよ。名前出せよ。ウソばっか書き込んでるんじゃねえぞ。』

勢いでそう書き込んでしまってから、元の発言はもう五年も前のものであることに気づいた。

流星は明るくにぎやかなタイプで、朝陽をはじめ、友達も多かった。流星がいじめられていたなんてことは絶対にない。だいたいあんなに浅く、岩だらけの川でどうやって人を沈めて流せるというのか。少し調べればすぐにわかる真実を知ろうともせず、外野から好き勝手言うやつらに、どうか天罰がくだりますようにと朝陽は真剣に祈った。

すぐに当時の同級生たちにＬＩＮＥを送った。こんなこと言われてる、ひどいだろと。

返事は早かった。俺も見たという者もあれば、ツーボードってなに？　と聞いてくる者もあったが、とにかくみんな、朝陽と同じように怒ってくれた。ひでえよな、抗議しようぜ、と。

実際にそれで掲示板の管理人にクレームを入れたりはしなかったが、「真実」を知ってくれている当時の同級生たちが近所にいてくれることが心強かったし、うれしかった。

その時、朝陽は引っ越してから一度も会っていない尊のことを思った。

朝陽と意見は分かれたが、尊も流星のことを本気で心配していた。中央広場に戻る時も、そこから教師たちをキャンプ場のバンで流星が行方不明になった地点に案内する時も、尊は走っていた。教師や警察に何度同じことを聞かれても、丁寧に、真摯に答えていた。

その尊が、流星がいなくなったのは同級生のいじめだという、ただただ事件を面白がっているだけの、他人の無責任な発言を見たら、どう思うだろう。

自分には怒りに共感してくれる地元の友達がいる。けれど引っ越していった尊は一人で、こんな悪意にまみれた噂と向き合っているのだろうか、と——。

隣室から、がさごそと物音が聞こえてきて、朝陽は追憶から引き戻された。

噂で聞いていた通り、警察学校の寮の壁は薄そうだ。尊が荷ほどきをしている物音がはっきりと聞こえてくる。

(天羽はああいう噂、見たり聞いたりしなかったのかな)

あんなひどい中傷を目にしていなければいいと思う。

それにしても……尊の警察官への反感は意外だった。頼りにならないと言い切っていた。

当時から尊は警察に怒っていたのだろうか。

谷口に憧れ、今度は自分があんなふうに安心感を持ってもらえる存在になりたくて、朝陽は警察官を志した。その自分の考え方が甘すぎたように思えてくる。朝陽は溜息(ためいき)をついた。

(これから半年も天羽と一緒なんだよなあ)

気が重くなる。

もう一度、深く長い溜息をつき、朝陽は段ボールを開いて片付けを急いだ。

＊＊＊　2　＊＊＊

教場がざわめいた。

「いちいち騒ぐな！」

助教官の一言ですぐに教場は静かになり、全員、ぴしりと姿勢をただす。

「全員、起立！　荷物を持って後方に整列！　名前を呼ばれた者から順番に前列左端から席につけ」

朝陽は指示通りに立ち上がり、机のなかに入れていた教科書をカバンに戻して、教場の後方に向かった。

警察学校では校長以下全員が警察官の制服を着用している。だが、生徒たちの真新しい制服はまだ借り物感がある。今も教場後方にずらりと並んだ新入生たちは落ち着いた硬いデザインの制服とは裏腹に不安そうだ。

「やばくない？」

藤田がすれちがいざま、こそっとささやいてくる。

やばい。

同意は目線だけで送った。

藤田将司は出席番号で朝陽の後ろに続く生徒だ。着校式で「よろしくね」と小声で挨拶されて以来、なにかと話しかけてくるし、朝陽のほうも話しかけている。

そんな二人に「おまえら、うるせえよ」と険しい視線を投げてくるのは、反対に朝陽の前にいる花岡一真だ。着校初日に、花岡は「おまえら、俺の近くでうるさいことすんな」とわざわざ釘を刺してきた。「荷物、重いねえ」と藤田が小声でこぼした時に舌打ちされたのだ。

出席番号で分けられた五人の班で花岡は班長だ。「俺の班で問題起こすな」とも言われている。

藤田は身長一六八の朝陽よりさらに背が低く、ぽっちゃりとまではいかないが、しぼる余地のある体型をしている。反対に花岡は上背もあり、鍛えた身体をしているのが服の上からもわかる。大柄な花岡に言動をチェックされるたび、藤田は怯えて朝陽の背後で小さくなる。

今も花岡ににらまれて、藤田は首をすくめて教場後方に立った。朝陽はその隣に並ぶ。

「では昨日の入学試験の結果を発表する。成績最下位の者は加藤憲太」

「っ、はい！」

名前を呼ばれたら大きな声で返事をするという規則を守って加藤が声を張る。しかし、一瞬遅れたその返事に、

「返事が遅い！」

と案の定、叱責が飛ぶ。

「すみません！」

これ以上、怒鳴られてはたまらないとばかりに、加藤は「三歩以上は小走り」という規則を守って教場最前列左端の席まで行く。

入学二日目に朝陽たちは学力試験を受けさせられた。そして三日目の今日、朝一番のＨＲでその試験の結果順に席替えをすると告げられたのだ。

一人、席についた加藤の耳が後ろから見てわかるほどに赤い。それはそうだろう。三十人の同級生たちの前で「最下位だ」と告げられたのだから。

次々と南部教官が学生たちの名を呼んでいく。成績が悪い者ほど前のほうの席になり、よい者ほど後ろになる仕組みだ。

授業によって教官が変わっても、これなら誰が成績優秀者か一目瞭然だ。

（えぐい）

警察学校では成績がすべてと聞いてはいたが、ここまであからさまだとは思わなかった。

呼ばれませんように、まだ呼ばれませんように。朝陽は祈るような気持ちで教官が読み上げる名前を聞く。

「藤田将司」

「はい！」

八人目に藤田が呼ばれた。一列目ではないが、二列目真ん中だ。一瞬、同情めいた気持ちをおぼえたが、人に心を寄せている場合ではない。

なんとか十五人目までは呼ばれずにすんだ。上位半数には残れたらしい。

「日野（ひの）朝陽」

ついに朝陽の名前が呼ばれたのは二十四番目だった。上から七番目。悪くない成績にほっとする。

「はいっ」

よかったと安堵（あんど）の思いで、四列目の右から二番目の席についた。

後ろに立つ人数がどんどん少なくなっていく。席についた者は正面を向いているが、誰が残っているのか、みんな興味津々なのが伝わってくる。

「花岡一真」

「はい」

花岡は残り二人というところで名前を呼ばれた。短い返事にくやしさがにじむ。朝陽の真後ろの椅子を引く音がやけに大きく響いた。

花岡の父親は県警幹部だ。自己紹介で花岡はみずから、父親のような立派な警察官になるのが目標だと胸を張った。最初から「幹部の父親が目標」と公言している花岡にとっては教場二位はうれしくない成績なのだろう。

　残っているのはあと一人だ。

「天羽尊（あもうたける）。一五七期生全体のなかでも一番だ。おめでとう」

「ありがとうございます」

　落ち着いた声で応じ、尊は朝陽の斜め後ろ、教室の一番後ろの席についた。

　着校式では新入生代表だった尊の成績に、やはりなという空気が教場に満ちる。

（やるじゃん。さすが）

　顔は前に向けたまま、朝陽は誇らしいような気持ちになった。やはり「元友達」だからだろうか。尊の好成績がうれしい。

「次の席替えは三ヶ月後の中間試験だ。全員、少しでも後ろの席にいけるよう、励め」

「はい！」

「この教場の総代は天羽、副総代は花岡に頼む。天羽、花岡、いいな」

　総代というのはクラスの委員長のようなものだ。朝陽は尊が答える前に、その声が聞こえたような気がした。

「はい。精一杯、務めます」

　変な気負いも緊張もない、ごく落ち着いた口調での理想的な答えだった。予想が当たって、朝陽は一人で少しだけ笑ってしまう。

その尊に花岡がからんでいったのは一時限目の授業が終わった十分休みのことだった。

「すごいよなあ、天羽、採用試験に続いて一番か」

「勉強は昔から得意なんだ」

最初から嫌みな花岡に対して、尊は淡々と返す。

自分の背後で始まったバトルに朝陽はそっと斜め後ろを見やった。勉強が得意と言い切れる尊の心臓の強さが朝陽はうらやましいが、案の定、花岡はかちんときたようだ。

「そんなに勉強が得意なら警察庁に行けばよかっただろ。なんで県警なんか来たんだ」

「警察庁より県警が下だという発言は問題があるんじゃないのか」

喧嘩腰の花岡に対して、尊はやはり落ち着いている。その返しがまた花岡をいらだたせるのにと、朝陽は一人ではらはらした。

「大学も慶應なんだろ。キャリア目指せばよかっただろうが」

「『地元の治安と市民のために働きたいと考えて警察官を志しました。市民に安心して頼られる存在になりたいと思っています。最初から県警以外に勤める気はありませんでした』」

先日、受付で教官に同じことを尋ねられた時と一字一句同じセリフだ。が、教官は納得しても花岡は納得しなかった。

「県警のお偉いさんで天羽って名前は聞いたことがないな。母方の親戚とかか」

どうやら花岡は尊の親戚が県警幹部にいるからここに来たのだろうと言いたいらしい。

「いや。親戚は誰も警察関係者じゃない。……地元警察の実力を底上げしたいからここに来たという理由はそれほど変か？」

「綺麗(きれい)ごと言ってんじゃねえよ」

花岡はさらにむっとしたようだったが、尊の発言が綺麗ごとだとは朝陽には思えなかった。

尊は地元の警察が頼りにならないと言っているのだ。だから自分が頼れる警察にするためにここに来たのだと。警察に対してあまりに不遜(ふそん)な尊の考え方が同級生たちにバレるのではないかと、朝陽はまた心配になる。

「綺麗ごとか。そう聞こえるならそれでいい。とにかく俺は警察庁に行く気はなかった。どうしてだと聞かれても、今の答え以外の回答はできない」

これでおまえとの会話は終わりだとばかりに、尊は次の授業のテキストを広げた。

そんな尊に花岡がどんな顔をしているのか。真後ろにいる花岡の表情は見えなかったが、

「……中間試験と卒業試験は俺がトップだ」

と、至極まっとうな捨(す)て台詞(ぜりふ)が聞こえてきた。声の低さが花岡のくやしさを伝えてくる。

「そうか。お互いがんばろう」

（天羽……）

花岡の挑戦的な言葉に、尊はこれまたひどく冷静に、正面から言葉を返す。――その態度がまた花岡をいらだたせるだろうとは考えないらしい。いや、いらだたせてもかまわないのか。

（変わってないなあ、そういうところも）

小学校の頃から尊は誰に対しても堂々として、おもねるということがなかった。遊びといえばゲームだった小学生男児のなかで、ゲーム機もソフトも持っていない者は浮きそうなものだったが、尊に関してはそんな心配はいらなかった。尊の解説が面白くて、逆に尊が持っている漫画や本が人気になり、回し読みされていたほどだ。

尊が誰かにひるむところも、朝陽は見たことがなかった。背が低かろうが関係ない。学年で一番身体が大きい相手でも教師が相手でも、相手に悪いところがあれば尊は淡々と指摘した。そんな尊がカッコよくて、朝陽は尊と親しくなりたかったし、友達になれてうれしかった。尊のほうも普通に友達の一人として好意を持ってくれていたと思う。互いの家を行き来するほどには仲よくしていた。……あの事件までは。

（あれはやっぱり俺が悪かったよなあ）

この三日間で尊と話らしい話ができたのは、初日に寮の部屋の前で話した、あの時だけだ。できればもう一度きちんとあやまりたいところだったが、しかし、尊の態度はそっけなく、とりつく島もない。その上、警察学校の日々は目まぐるしく、朝陽は毎日の日課に追い立てられ、ゆっくり考えごとをする余裕もなく過ごしていた。

朝六時、身体を鍛えるためのランニングから一日は始まる。国旗掲揚に清掃、朝食のあとは三時半に五時限目が終わるまで、息つくひまもない。柔道、剣道、逮捕術といった実技はどれも甘くなく、教官から怒声が飛んでくるが、なかでも「点検教練」は厳しい。手帳や警棒といった装備の取り扱い方から敬礼の手の角度まですべての動作を細かく指導される。

学科も大変だ。一般教養として、英会話、ＰＣ操作なども学ぶが、それだけではない。刑法、刑事訴訟法、道路交通法など、警察官が任務を遂行する上で必要な知識を叩き込まれ、さらに、犯罪捜査の鑑識の基本や手順、さらには捜査書類の作成までマスターする必要がある。

授業後には情操教育として書道や茶道、音楽などのクラブ活動が待っている。その後、またランニングと国旗降納があり、六時半からの夕食、入浴を挟んで、やっと貴重な自由時間となる。だが、十時半の消灯まで遊んで過ごす者はいない。寸暇を惜しんで筋トレに励む者もなかにはいるが、ほとんどの者はこの時間を学科の勉強に当てる。

おぼえる量は膨大で、その上、毎日、日記も提出しなければならない。おそらく調査報告書の練習なのだろうが、「事実をなるべく簡潔に、わかりやすく、感想とともに記述せよ」という指示にかなう文章を毎日練るのは大変だ。

慣れない生活に疲れ、ベッドに入るなり泥のような眠りに引きずり込まれる。日々があっという間に過ぎた。

しかし、そんな毎日のタスクを、尊は軽々とこなしているように見えた。

「では呼気一リットル中にアルコールがどれだけあったら酒気帯び運転の罰則の対象になる。加藤」

授業が怖いのは、教科書のすみずみまで暗記していなければ即答できないような質問が次々に飛んでくるところだ。自分が当てられたのではない者もあわててテキストをめくる。

「はい。……えっと……一リットル中……」

「そんなこともおぼえてないのか。おまえの脳みそはアルコール漬けか、ん？」

教官たちの態度は成績下位者に厳しく、上位者には甘い。最下位の加藤への当たりがきついのはどの教官も共通だった。

「天羽、どうだ、答えられるか」

「はい。罰則は程度によってことなります。一リットル中０・１５から０・２５ミリグラムのアルコールが検出された場合は基礎点数十三点、０・２５ミリグラム以上検出された場合は基礎点数二十五点が引かれます」

「よし、さすがだな。では前歴があり、基礎点数がない場合、免停期間はどうなる。藤田」

「はい。えっと……免停期間は……」

「おまえも脳みそがアルコール漬けか！」

尊が褒められるのは座学だけではなかった。

挙動不審者の持ち物を確認するというような職務質問の実習でも、尊は勘のいいところを見せ、不審者役の教官の小さな挙動を見逃すことがなかった。実技でも、尊は「いいぞ」と教官から褒められることが多かった。

とはいえ、ただでさえ規律と規則が厳しい警察学校のなかで、スキのない尊はじわじわとほかの学生たちのあいだから浮いていくようだった。

全員が制服制帽を着用しての入校式も無事に終わり、着校から一ヶ月もたつ頃には「うちの教場には助教官が二人いる」とひそひそとささやかれるようになった。

「なんなんだよ、あいつ」

尊とは教室の対角線上の一番遠いところに席のある加藤憲太がそう毒づいたのは、食堂での昼食の時だった。

昼休み後の三限目は交番実習だ。構内にある、本物そっくりに建てられている「練習交番」に集合する。自分の食事を終えた尊は大声でしゃべりながら食べていた加藤に、

「次は遅れるなよ」

と釘を刺してから食堂を出ていった。その後ろ姿に加藤は憎々しげな視線を送る。

「総代だからっていちいち上から目線でうるさいよな」

すぐにほかの者も同調した。

「点数かせぎだろ」

花岡がどこかうれしそうに言う。

「でも……教官の前で言うわけじゃないんだから、点数かせぎとはちがうんじゃないかな」

黙って聞いていられなくて、朝陽は口を挟んだ。

警察学校には当番が多い。日直、風呂の準備と後始末をする当番、食堂当番に夜間警備の当番まである。尊はそういった当番や提出物が遅れている者に対して、一言ずつ声かけをしてくれるのだが、その言い方が加藤が言うように「上から目線」なのだ。

朝陽も尊の態度にむっとくることは多い。しかし、それはきちんと義務が遂行されるようにというだけで、決して尊自身の点数かせぎのためではないと思うのだが……。

「かばうんだ」

「いや、かばうとかじゃなくて……」

「日野は天羽派だもんな。小学校からの幼馴染みなんだろ」

花岡にいやな言い方をされた。

「天羽派ってなんだよ。いつの間にそんな派閥ができてんだ」

聞き流すには引っかかりが大きすぎる。朝陽は首を伸ばして花岡を見た。だが、花岡が朝陽に反論するより、

「いや、日野は天羽派じゃないだろ」

加藤が花岡の意見に反対するほうが早かった。

「っていうか、天羽、日野に当たりがきついような気がするけどな」

やっぱり？　と聞き返したいのと、他人にも気づかれていたバツの悪さが胸の内で交差する。

ああ……と納得の空気が広がるのがバツの悪さに追い打ちをかけてくる。

提出物の確認で教場全体に注意をうながす時に朝陽だけ名指しで念を押されたり、日直の時には「それは日直の仕事だと思うんだが」と嫌みな言い方で注意されたりしている。自分にだけ特別にきついように感じていたが、周囲も同じ認識らしい。

「俺もさ、天羽、日野にはきついなって思ってたけど、なんで？　小学校同じだったんじゃないの？」

班の仲間との雑談で、尊とかつて同級生だったと話したことがある。黙っていることでもないかと思ったのだが、その日の夜のうちに同期生全員に知れ渡っていて驚いた。携帯電話が使えるのも週末だけという環境で、逆にそのせいか、情報の伝わり方は恐ろしく速い。

「六年生の二学期終わりに天羽が転校していったから、それまでだけど……」

「その頃から仲が悪かったの？」

無邪気にとどめを刺してくれたのは藤田だ。尊と自分はハタから見ても「仲が悪い」と表現されるほどなのだと突きつけられる。

「……いや……別に仲が悪かったわけじゃないけど……」

あの遠足までは、互いに一番ではないにしろ、そこそこ仲のいい友達だった。

「まあ、あんな態度のやつ、小学生だって嫌われるだろ」

花岡がざっくりとまとめる。

「いや、天羽は嫌われてはなかったよ！　ずっと学級委員で、児童会の会長もやってて、まわりからは頼られてて……」

「当時から嫌みなやつだったんだな」

「そんなこと……」

なかったと言いかけたところで予鈴が鳴った。三限目が始まるまであと五分しかない。練習交番まで急がなければ。

全員いっせいに、盆を手に立ち上がった。

（そんなこと、なかったよ）

朝陽はみんなのあとについて小走りで食堂を出ながら心のなかで続ける。

そうだ。

当時の尊はしっかりしていて、頼られてはいたが、今のように煙たがられてはいなかった。授業中、教師の質問に答えられず困っている生徒にそっと正解をノートの端に書いて見せたり、全員が合格しなければ宿題倍量と言われた小テストで自分の解答用紙をカンニングさせてくれたりしていた。ＨＲに担任が来る前に全員で机の下にもぐって隠れるというイタズラをする時もにこにことみんなと一緒に机の下にもぐっていた。

（あれは子供だったから？　それともここが規律が求められる厳しい警察学校だから？）

とにかく昔は今ほど四角四面ではなかったよなと思いつつ、朝陽は練習交番へと急いだ。

学生三十人の南部教場では五人ずつ六つの班が作られて、清掃や当番はこの班単位でおこなわれている。成績で固まらないよう、女性は女性だけで一班作られ、ほかは出席番号順に五人ずつに分けられた班で、朝陽は花岡と藤田と同じ五班だ。

五班には藤田より成績が悪い村松という学生もいたが、要領が悪いのは藤田が一番だった。いつも行動が人より一拍遅れるのだ。

朝陽はそんな藤田をほうっておけなくて、なにかと手を貸すことが多かった。

その日も、剣道の授業で防具を着けるのに、藤田は手間取っていた。

小六から警察官になるのが目標だった朝陽は、中学では柔道部に入った。が、柔道は背が伸びなくなるという、今から思えばなんの根拠もない噂を聞いて、高校では剣道部を選んだ。おかげで警察学校では必須科目の柔道も剣道も基礎はできているし、防具を着けるのも慣れている。

「えっと、えっと……」

教場ではなにごとによらずスピードが求められる。しかし、朝陽が面を着け終わっても、隣の藤田はまだ胴を着けられずにあせっていた。

「なにをたらたらやっとるかあ！　防具を着けた者は前に出て正座！」

剣道指南の教官の声が道場に響く。壁際で防具を着け終えた者は竹刀を手に、次々と教官の前へと移動していく。残された者はなおのことあせってしまう。

朝陽はあとは小手に手を押し込むだけだったが、ほうっておけなくて、藤田に手を貸した。乳革という、胴本体に付いている革の輪に胴紐を通して結んでやる。

「手拭い、急いで！」

ささやき声で頭に早く手拭いを巻くようにうながすが、あせった藤田の手のなかで、手拭いはよれるばかりだった。

「あと一分！　超えた者は連帯責任だぞ！」

教官の声が飛んでくる。

連帯責任。警察学校で怖いのがこれだ。失敗して自分一人怒られるならいいが、ここでは班や教場全員がペナルティを食らう。授業で不出来があったり、なにか違反やミスがあれば、その場で全員にグラウンド十周が命じられたりするのだ。

警察は集団で職務に当たる。一人のミスが全体に響くし、一人を助けるために全体ががんばるところでもある。そのことを性根に叩き込むための「連帯責任」だと朝陽は思っているが、理不尽さに怒る者も当然いる。同じ人間のせいで何度も走らされたり、掃除をさせられたりといったことが続けば、「あいつのせいで」と恨みに思う者も出てくる。

藤田はもう何度も班にも教場にも迷惑をかけていて、花岡に「次やったら退校届け出せよ」と冗談にならないプレッシャーをかけられていた。

（これ、まずいな）

自分のことではなくても朝陽にも藤田のあせりが伝染してくる。

「手拭い、貸して！」

もたもたしている藤田の手から奪うように手拭いを取る。自分だけ前に行こうかとちらっと思ったが、藤田を見捨てていくようでいやだった。

少しでも早く藤田に支度を終わらせたくて、朝陽は手拭いを藤田の頭に巻き付ける。と、

「小手がまだ」

と藤田が小さい声で言う。え、と見れば、小手の紐はまだ長く伸びて結ばれていない。

「あ……」

手が足りない。ほかに誰か手伝ってくれないだろうか。

とっさにまわりを見回す。ちょうど尊が竹刀を手に立ち上がるところだった。

「天羽、天羽」

声をひそめて呼ぶ。面を着けているが、こちらを向いてくれたような気がした。

「悪い。小手の紐を……」

結んでくれないかと最後まで言い終わる前に、尊はそのまま前へと行ってしまった。

（無視かよ！）

思わず舌打ちしそうになる。仲たがいをしていたとはいえ、それでも小学校で同級生だった

という縁を少しぐらい大事にしてくれてもいいだろうに。恨みがましい気持ちが湧いてくる。

「あとは藤田と日野、加藤だけだな。あと十五秒」

十、九、とカウントダウンが始まったところで加藤がはじかれたように前へ飛び出した。

（あーあ）

ペナルティ確定だ。

ようやく藤田が防具を着け終える。急いで二人でみんなの列に並んだが、「遅い！」と叱(しか)られた。

「藤田、何度目だ。残って防具の着けはずしを練習しろ。三分以内にできるようになるまで、居残りだ。日野、おまえは藤田を甘やかしすぎだ。藤田と日野と同じ班の者、手をあげろ」

しぶしぶ、といった様子でほかの三人の手があがった。

「おまえらも居残って素振り百回」

容赦ない指示が飛ぶ。

練習が始まった。相手が次々変わる面打ち、小手打ちで相手が花岡になった時には、防具を着けていてもしびれをおぼえるほどの重い一撃を何度も食らわされた。全国大会入賞の実績がある花岡の竹刀はただでさえ重いのに、容赦なく打ち込まれてはなおさらだ。村松と矢野(やの)にも、面の向こうから「おまえらのせいで」ときつい視線を向けられた。

朝陽に対してもそうなのだ。藤田への当たりはさらに厳しいのではと心配になる。

そんな剣道の稽古で、最後に花岡と尊が中央に呼ばれた。

二人とも段位持ちで、花岡だけでなく尊も大学時代に全国大会出場の経験があることから、全員の前で模擬試合を披露しろと教官から命じられる。

（うわ、いきなりか）

高校時代に剣道部に所属していたとはいえ、もし自分がこんなふうにいきなり同級生の前で模擬試合を命じられたらと想像して、肝が冷える。だが面越しではあっても、尊にも花岡にも動じた色はなかった。静かに左右に分かれていく。

そしてしばし、正座して息を整え、立ち上がった二人はもう空気がちがっていた。ぴりりと二人のあいだに緊張が走る。

（天羽、がんばれ）

思わずこぶしを握り締めて、朝陽は、同じ班の花岡ではなく、小学校が同じだった尊を応援している自分に気づく。

（嫌われててもやっぱ、元同級生だもんなあ）

さっきも助けを求めたのに無視された。それでもこうして、花岡と相対する姿を見れば負けてほしくないと思ってしまうのは、やはり子供時代をともに過ごしたからだろうか。

ゆるゆると二人の竹刀の切っ先が揺れる。間合いをはかり合う緊迫感に見る者も自然に息を詰めた。

「っやあっ！」

ダン！　鋭い踏み込みとともに気合の叫びを放ち、先に相手の面を狙ったのは花岡だった。

「はっ」

ほぼ同時に尊も踏み込んだ。

ぱし！　ぱし！　それぞれの竹刀が相手の防具を打つ音が道場に響く。

「え、今のどっち？」

「花岡の勝ち？」

慣れていない者には素早すぎて、勝敗がわからない。

教官が「今の勝負、花岡が勝ったと思う者！」と声を張る。おずおずと半数以上の者が手をあげた。

（花岡のような気がするけど）

相打ちだったようにも思える。ならば元同級生を応援しようと、朝陽は手をあげずにいた。

「小手で天羽、一本！」

判定が明かされて、落胆と賞賛の声が入り混じった。

「まちがえた者はその場で腕立て二十回！」

教官の背後で、花岡と尊はきちんと作法にのっとって礼を交わしている。

少しばかり誇らしい気持ちと、そんなになんでもできるんだからもう少し級友に優しくしてくれてもいいんじゃないかと非難めいた気持ちの両方が湧いてくる。朝陽は複雑な思いで二人への賞賛を込めて手を叩いた。

班全員で百回の素振りを終えた。朝陽は防具着脱の特訓を言い渡された藤田が気になったが、教官から帰るようにと指示されてしまった。

藤田はクラブ活動後の夕方のランニングの途中になって、ようやく姿をみせた。疲れた顔には涙のあとがあり、教官に相当しぼられたのが見てとれる。

「大丈夫か」

走りながら声をかけると、「うん」と力ない声が返ってきた。

「ぼく、やっぱりダメかもしれない」

気弱な声で言われる。

「花岡くんが言うように、退校届け、出したほうがいいのかも」

「なに言ってんだよ」

本気で驚き、朝陽は叱るように語調をきつくした。

「まだ一ヶ月半しかたってないじゃないか。これからどんどん慣れてくよ」

「でも、どんどん新しいことも出てくるよ」

要領の悪い藤田には、次から次へと新たな課題が出てくる警察学校のカリキュラムはきついのだろうけれど……。

「でも、せっかく採用試験に受かったんだから。やめたらもったいないよ」

引き止めたくて、心からそう言った。

「藤田も警察官になりたいから、採用試験、受けたんだろ？」

「……そうだけど……」

「ならもう少し、がんばってみようよ。花岡だって本気でやめさせようと思ってるわけじゃないんだから」

「そうかなあ……」

走りながら、藤田は小首をかしげた。「そうだよ！」と言葉を重ねようとして、胸にひやりとしたものがよぎった。

二割から三割が脱落するという警察学校。花岡のように成績優秀で、最初から県警幹部を目指している者にとっては、ついてこれない者がどれほど脱落しようと関係ないのではないか。もしかしたら、花岡は本気で「次は退校届けを」と言ったのではないか……。

重い気分でランニングを終えた。

在校生全員で整列し、当番が国旗降納をおこない、次は校内清掃だ。

「おい、退校届けはいつ出すんだ」

朝陽たちの班はトレーニングルームの担当だった。それぞれがぞうきんを手に、まずはマシンの清掃に取りかかろうというところで、花岡が痛烈な一言を藤田に放った。

「え……」

藤田の目が泳ぐ。

朝陽は花岡と藤田のあいだに立った。

「やめろよ。退校を強要できる権利なんか、誰にもないんだから」

「権利はなくてもさ」

横から口を出してきたのは矢野だった。

「『お願い』するぐらいはいいんじゃないの」

「まあ、でも」

村松もやんわりと割って入ってきた。

「ほかの班もなんだかんだ走らされたり、ペナルティくったりしてるじゃん。俺も藤田には腹が立つけど、でも、藤田が学校やめることはないんじゃないかな」

村松からの思わぬ援護射撃をもらって、朝陽は花岡を見上げた。

「ちゃんと警官になって働きたいって気持ちがあるなら、学校をやめる必要はないと俺も思う。まだ一ヶ月半しかたってないんだし」

さっき気弱なことをこぼしていた藤田自身にも、大切なのは警察官になりたいという強い気持ちだと伝えたかった。

「だってさ、藤田。おまえ、本気で警官になりたいの」

花岡はバカにしたように朝陽の後ろにいる藤田をのぞき込んだ。全員の視線を浴びて、藤田の目がさらに落ち着きなく泳いだ。

「あの……あの、ぼく……ぼくは、警官に、なりたい……」

弱い声だったが、それでも藤田が「なりたい」と言い切ったことに朝陽はほっとした。

「は」

花岡が鼻で笑った。

「ならもうちょっとまじめにがんばれよ。今のままだったらおまえ、卒業検定落ちまくるぞ」

嫌みな予想にうなだれる藤田を残して、三人が掃除を始める。

「大丈夫だよ。検定前には特別講習もあるって聞いたよ。掃除しよう」

朝陽は軽く藤田の肩を叩いてうながした。

複雑な気分だった。

花岡や尊のように、教場でトップの成績で、運動神経もよい者にとっては、連帯責任をとらされるのはうっとうしいばかりだろう。助けを求められても、そんな当たり前のこともできないのならやめていけばいいぐらいに考えているのかもしれない。

しかし、朝陽はそれでは学校の意味がないのではないかと思ってしまう。

警察学校は実際に警察官として働くために必要な知識や技術を学ぶ場であると同時に、連帯意識を高めるための場ではないのだろうか。

警察は一人のヒーローに支えられている組織ではない。私服を許され、権限も多く与えられている刑事は確かに警察組織のなかで花形だが、全員が刑事になったら逆に警察は立ち行かなくなる。組織の基盤を支えているのは交番に勤務する、多くの巡査たちだ。担当地域をこまめにパトロールして回り、地域住民の動向を把握し、なにかトラブルがあればすぐに駆けつける。交番の「おまわりさん」の存在と安心感は大きい。

警察はピラミッド型の階級社会だ。花岡や尊のように最初からトップに行くだろうと思われる者もあれば、一生「おまわりさん」の者もいる。だが、立場がちがっても警察官が市民の安全のために働くのは変わりない。そういう意味で、そこに優劣はないと朝陽は思っている。

そして警察学校は、将来、組織のなかで上に行く者も、そうではない者も、ともに学び、尊重し合うことを知る場ではないのだろうか――。

そんなことを考えながら寮に戻ると、やはり部屋に戻ってきた尊とドアの前で一緒になった。

声をかけたのに無視されたのを思い出す。

「さっきさ、無視したろ」

我慢できずに、朝陽は尊に唐突に切り出した。

ドアノブに手をかけて、尊がこちらを見る。

「剣道の時。藤田が遅れてたから、ちょっと手伝ってほしかったのに」

「防具は一人で着けるものだろう。人の手を借りなければならない時点でおかしい」

尊が言う通りだ。わかっていても、朝陽は面白くなかった。

突きつけられる正論が正しければ正しいほど、そして言う人が「これが正しい」と信じていればいるほど、聞かされたほうはいらだったり、時には自分がないがしろにされたように感じてしまう。

「慣れてるやつもいれば、慣れてないやつもいる。余裕がある者がちょっと手伝ってやれば、それでスムーズにいけるんだから……」

「誰に余裕があるんだ？」

いや、おまえにはあるだろ、余裕。全国大会経験者で、教官に名指しされて模範試合を見せるぐらいの腕で……おまえには絶対、あるよな、余裕。

そう言い返せばよかったと思ったのは、あとになってからのことだ。意外な切り返しに、その時、とっさに朝陽はなにも言えなかった。

あとから落ち着いて考えて、ああ言えばよかった、こう返せばよかったとくやしくなるのはありがちな話だが、そこでさらに、

「おまえもな。人のおせっかい焼いてる場合じゃないんじゃないのか」

と、さらに攻撃的なセリフを浴びせられて、朝陽は完全にフリーズした。

「日記。いつも提出がぎりぎりだろう。早めに書き上げられるように練習でもしたらどうだ」

言うだけ言うと、尊はドアを開いて部屋へと入っていった。

「…………………は？」

ぱたんと閉じられたドアを見つめて数秒。ようやく感情に言葉が追いついてきた。

一言返してやらねば気がすまない。

朝陽は大股で尊の部屋の前に立つと、そのドアをどんどん叩いた。

「天羽、天羽！」

「なんだ」

すぐにドアが開いた。かすかに眉をひそめた尊に見下ろされる。

「余裕ってなんだよ！」

大声になったが、かまわなかった。

「そんなの関係ないだろ！　おんなじクラスのやつが困ってたら助けてやる。それだけの話だろ！　みんな警察官目指してる仲間なんだから！」

一気に言いたいことをぶつけた朝陽に、尊はゆっくりと片足に体重をかけて、腕を組んだ。

「……おまえはここがどこだかわかっていないのか？」

「え？」

ここは寮だ。大声を出したことを咎（とが）められるのだろうか。あわてて周囲を見回した。

「そうじゃない。警察学校のことだ」

朝陽の勘違いをただして、尊は続けた。

「おまえは警察学校をなんだと思っている。みんなで仲良く助け合っておまわりさんを目指す幼稚園だとでも思っているのか」

「…………」

きつい言葉に、また朝陽はとっさになにも言えなかった。

「ここはそんなにぬるい場所じゃない。警官に不向きな者、適性のない者、能力が足りない者がはじかれる、そういう場だ」

「で、でも……」

やっと態勢を立て直し、朝陽は言い返した。

「み、みんな採用試験に合格して……警察官目指して……それでここに……」

「あんなペーパー試験と短い面接で、その人間のすべてがわかるわけがないだろう」

「…………」

今度は採用試験の質について言及されて、やはり言葉が出なくなる。

「本当にその人間が、警察組織のなかで働いていけるのか、市民に信頼される警官になれるのか、それを見極めるための場が警察学校なんだ。不適格者を炙り(あぶ)だすための六ヶ月だ。人のことをかまっている場合じゃないというのはそういう意味だ」

朝陽がなにも言えないでいるのを見てとり、尊は「じゃあ」とまたドアを閉めようとした。

そのドアを、朝陽はあわてて手で押さえた。

「……俺は！」

なにをどう言えばいいのか、わからない。尊のようにポイントを的確に突いて相手を黙らせる話術など使えない。しかし、胸のなかでぐるぐるするものを吐き出さずにはいられなかった。

「俺は……ここは、立派な警官になるために……必要な知識や技術を学ぶ場だと思う……そんな、不適格者を炙りだすためじゃなくて……それに、それに、みんな警察官になりたくてここに来てるんだ……だから、みんな、仲間で……」

短い溜息（ためいき）が落とされた。

「なりたいからって、適性も能力も足りない者が警官になったら、迷惑するのは市民だ」

そう断言してから、尊は声を落とした。

「ただでさえ警官のレベルは高くないのに、これ以上落としてどうするんだ」

今度こそ本当に絶句した朝陽の前でふたたびドアが閉められた。

朝陽は閉じられたドアを見つめ、しばらくそこから動けなかった。


同じ「警察官になりたい」でも、尊と自分とでは動機が真逆なのは知っていた。

流星が行方不明になった事件ではたくさんの警官や刑事に話を聞かれた。谷口をはじめとして、誰も「子供の言うことだから」などとバカにせず、真剣に向き合ってくれた。その姿と、道のない森のなかに踏み入って、それこそ草の根を分けるようにして手がかりを探す警察官の姿は朝陽には頼もしかった。

けれど、同じように話を聞かれ、同じ捜索風景を見ながら、尊は警察官へのいらだちを深めていたのか。

今の警察官が頼りにならないから、自分が頼られる存在になるために、尊はここに来た。その尊にしてみれば、警察学校は不適格者をはじくための場であって、馴れ合うための場ではないということなのだろう。しかし……。

(天羽と俺は……根本的なところで合わないのかもしれない)

姿を消した流星をすぐに探すか、教師に報告にいくか、尊とは意見が割れた。同じように今も、藤田のように要領がよくない者はできる者がほんの少しかばってやって、お互い助け合って、いい警察官を目指せばいいじゃないかという朝陽と、ここはそんなぬるい場所じゃないという尊は相容れない。

(なんだかなあ……)

最初、尊と一緒だと知った時には気が重かった。しかしなんといっても、元同級生なのだ。尊がいい成績をとれば誇らしいし、ほかの学生にけなされればかばってしまうし、試合となれば応援したくなる。それはそれで昔馴染みだった者の自然な感情ではないかと思うのだが、尊はちがうのだろうか。

胸にわびしさが広がる。自分の甘さを否定されたようなせつなさも。

（いや……仕方ないか）

最初に喧嘩を売ったのは自分のほうだ。朝陽は「仕方ない」と自分をなだめる。

朝陽の尊への、そんな釈然としない思いをよそに、警察学校では教官の怒声をバックに、カリキュラムは順調に進んでいった。

思わぬ来客があったのは、入学して二ヶ月半ほどのある日のことだった。

四月の入学式の時には冬服とデザインはまったく同じで、生地だけが軽いものに変わっている合服だったが、六月になってそれがまた夏服に変わった。上着なしで、ブルーの開襟シャツだけの夏服は動きやすく涼しい。

濃紺で埋まっていた教場の風景もブルーに変わり、見た目も涼やかだ。

そのブルーに変わった教場で、「今日は県警本部刑事部から授業の視察に人が来る」と南部教官から告げられたのは朝のＨＲの時間だった。

「いいところを見せようなんぞと思うな。いつも通りでいい」

そう釘を刺されたが、授業はいつも背筋を伸ばし、ノートをとる時以外、手は膝の上だ。私語などとんでもない。いいところを見せるどころか、なにかヘマをして怒鳴られないようにするだけで精一杯だ。

県警本部からの視察団は四人ほどで、南部教場に限らず、グラウンドや道場、模擬家屋での授業から、昼の食堂の様子まで見学しているようだった。肩章と階級章をつけた制服姿の幹部たちを校長が案内している姿があちらこちらで見られた。

そんな「お偉いさん」は自分には関係ないと、朝陽は無関心だったのだが。

「日野くん、元気そうだな」

一日の授業が終わり、さあ、クラブ活動に行くかと教場を出たところで、いきなり視察団の一人に声をかけられた。

反射的にさっと敬礼の姿勢をとり、それからやっと相手の顔を見た。

「谷口さん⁉」

馴れ馴れしく相手の名を呼んでしまってから、

「失礼いたしました！」

と腰から折って頭を下げた。

「いやいや、いいよ」

谷口は鷹揚に笑う。

流星行方不明事件で捜索班の班長となった谷口は当時だけではなく、その後も朝陽たちが高校を卒業するまで六年間、毎年、十月には朝陽に会いに来てくれていた。大学に入ってからのここ四年ほどは電話だけだったが、気にかけてくれているのは伝わってきていた。

そこにちょうど、教場から尊も出てきた。

「おお、天羽くん。元気にしてるか」

谷口がやはり気さくに声をかける。さっと尊が敬礼の姿勢をとった。

「谷口刑事、今は警部でいらっしゃいますか。お久しぶりです。ご無沙汰（ぶさた）しております」

「ん、久しぶり」

谷口は礼を返してくれてから、うれしそうに朝陽と尊を交互に見やった。

「いやあ、驚いたよ。君たちが二人して警察学校に来るなんて」

よく日に焼けた浅黒い顔をほころばせる。

「ずっと連絡を取り合っていたのかな」

「「いいえ」」

同時に否定し、思わず顔を見合わせた。谷口はさらにうれしそうに笑った。

「そうかそうか。偶然またここで一緒になったのか」

当時は脂の乗った四十代前半の刑事だったが、今はさらに貫禄がついている。

警察官になりたいと思うようになった大きな動機づけになった人との再会だ。テンションが上がる。

「全然気がつきませんでした！　視察にいらしてたんですね！」

「君たちが二人そろって警察学校に入ったと聞いてね。これは様子を見に行きたいと思っていたらちょうど視察の話があったもんだから」

「今は県警本部にいらっしゃるんですね」

尊がにこりともせずに言う。だが、そんな尊にも谷口はにこにこした表情を変えない。

「ああ、ちょっとばかり出世してね」

そして谷口は朝陽と尊に、「どうだ。少し、時間あるか」と尋ねてきた。

「あ、はい。自分はクラブに遅れても問題ありません」

朝陽は勇んでそう答えたが、

「すみません。クラブで今日は用具当番なんです。なにか大切なお話なら、当番をすませて戻ってきますが」

尊はそう言った。

「いや、特別な話はないよ。君たちが警察官を目指していると知って、おじさんは少しばかり昔話をしたくなっただけだから。行ってくれたまえ」

「残念です。またお会いできるのを楽しみにしています」

姿勢をただして敬礼すると、尊は一度も笑顔を見せることなく、「三歩以上は小走り」の規則にしたがって走っていってしまった。

残った朝陽は谷口と一緒に中庭に出た。花壇を見ながら谷口の一歩後ろを歩く。

「まさか谷口さん……失礼しました、谷口警部がいらっしゃるとは思っていませんでした」

「今は刑事部特務課の課長になっているよ、これでもね」

　冗談めかして言われる。

「昇任、おめでとうございます」

「……結局、流星くんは見つからずじまいだ。あの殺人事件もお宮入り……それで昇任というのも、実は少々座りが悪いんだがね」

　本気でそう言っているらしく、谷口は鼻の横を指で掻いた。

「やはり……あの事件は知り合いの犯行ではなかったんですか？」

　行方不明になった流星を探していて山中で見つかった他殺体。その身元は落ちていた携帯電話から割り出せたとニュースでも報道されたが、被害者の周辺に犯人らしき人物はいなかったのだろうか。

「競馬が趣味のサラリーマン、三十八歳。女房と子供が一人、ほかに実家に両親と隣県に嫁いだ姉がいる。会社でも近所でもトラブルはなく、友人や同級生を洗ってもあやしい人物は出てこなかった。女房や家族の周囲もきれいなものだった」

　被害者周辺の状況をさらりとまとめて、谷口は「ふー」と息を吐いた。

「被害者の行動が確認された最後の日、ガイシャは府中競馬場に行っていた。そこで大穴でも当てて、その金を狙われたのだとしたら……犯人を絞るのは至難の業だ。携帯電話から本人以外の指紋が出てきたが……前科がないんだろうな。該当者はいまだに出てこん」

「そうですか」

「そもそも」

　しぶい顔で谷口が続ける。

「あそこで流星くんを探していなかったら、死体自体が見つかっていたかどうか。単なる行方不明者の一人として処理されて終わりだったかもしれん」

　被害者が埋められていたのは、キャンプ場の近くとはいえ道もない山の中だ。確かに、遺体が見つかっただけでも幸いだったのかもしれない。

　子供の頃はいなくなった同級生のことのほうが重大事で、他殺体が見つかったのはおまけのように感じていた。が、こうして警察学校で学ぶ身になると、迷宮入りの殺人事件がどれほど重いものであるのかわかってくる。

「だからこそ、流星くんはなんとしても見つけてあげたい。今も行方不明になった当日は捜索班を出したり、駅でチラシを配ったりしているよ」

「あ、ありがとうございます……！」

　今でも捜索が続けられているのがうれしい。朝陽は声をはずませて礼を言った。

「お礼を言われるようなことじゃない」

　しかし谷口はゆっくり首を振った。

「あれだけの情報をもらいながら、なんの手がかりも見つけられなかった。君たちには申し訳なく思うよ。特に天羽くんには……」

特に天羽くんには？　どういうことだろう。

「これは君には話していなかったか」

不思議そうな顔になったのか、谷口はそう前置きした。

「天羽くんはあの遠足の日、いったん家に帰ってから、夜になってみやま署までおかあさんと一緒に来てくれてね」

初耳だ。目が丸くなる。

「君たちはバスでキャンプ場の駐車場まで来ただろう？　その時、駐車場に停まっていた車をナンバーと一緒にリストにして持ってきてくれたんだ」

「え……」

さらりと言われたことの意味がすぐには理解できなかった。谷口が苦笑する。

「驚くだろう？　わたしたちも驚いたよ。天羽くんはカメラアイというのかな、記憶が写真のように鮮明に残るらしい」

「カメラアイ……」

聞いたことはある。見たものがそのまま映像として記憶に残せる能力だ。確かに尊の記憶力はずば抜けている。そういえば、朝陽がサッカー選手になりたいと作文に書いていたこともおぼえていたし、ついさっきも一瞬見ただけで谷口の階級が警部だと判断できていた。

「そう、それで、見た車の車種をおかあさんと一緒に調べて、色とナンバーと一緒にリストにしてくれたんだよ」

尊の記憶能力もびっくりだが、その記憶を頼りに駐車場に停まっていた車のリストを警察に提出していたのはさらに驚きだった。

「それは……天羽は最初から誘拐とか、その線を疑っていたということでしょうか……」

流星がなぜいなくなったのか。本人の意志による家出的なものだったのか、崖(がけ)や穴に落ちた事故だったのか、それとも第三者が関係していたのか――捜索はその三つの可能性を視野におこなわれたと聞く。

けれど、朝陽が「もしかしたら流星は誰かにさらわれたのかも」と考えたのは、成人男性の死体が見つかり、その犯人と小学生男子の行方不明事件が関連して語られるのを聞いてからだった。それまではただ「流星、どうしていなくなっちゃったんだろう」とぐるぐる同じことばかり思っていた。

なのに。

尊はもうその日のうちに流星が誰かにさらわれた可能性を考えていた――朝陽は自分がどれだけ能天気だったか突きつけられた思いで、呆然(ぼうぜん)とした。

「小学生にそこまでしてもらったのに、君も知っての通り、わたしたちはなんの手がかりも見つけられなかった」

　谷口はくやしそうだった。

「世間には好き勝手言うやつがいる。わたしたちが結果を出せなかったせいで、君たちにもつらい思いをさせたんじゃないかと思うと、本当に申し訳ない」

　好き勝手言うやつと言われて、朝陽はネットで見たひどい書き込みの数々を思い出した。

「……ネットで……同じ班だったわたしたちが流星を殺したんだと言わんばかりの書き込みがされているのを見たことがあります。でもそれは、谷口警部にあやまってもらうようなことではありません。とても腹立たしいですが、ネット上の誹謗中傷は野放しですから」

　心からそう言うと、谷口は細かく何度もうなずいた。

「そう言ってもらえると救われるよ。しかし本当に腹が立つな、あのネットというやつは。匿名で無責任な憶測や他人への中傷を言いたいだけ言えるなんてのはどうにかならんもんかね。もちろん君も流星くんのことは心配していただろうが、天羽くんのことを思うと、本当に腹立たしいよ。彼がどれだけ自分を責めていたか……」

　またも意外な言葉を聞いて、朝陽は目を見張った。

「自分を、責めていた？」

　どういうことだ？

「ああ、いや、彼は責任感が強いタイプだろう。班長である自分がもっとしっかりしていれば流星くんが行方不明になることもなかったんじゃないかと、事件の直後はずいぶんと落ち込んでいてねえ。そのあともずっとね、毎年、捜査の状況を報告に行くたび、必ず同じことを言うんだよ。班長として自分が責任をまっとうできなかったせいだって」

「天羽が……」

知らなかった。

流星が行方不明になった直後、その場にとどまって探そうという自分と、教師に報告に行くべきだという尊は意見が分かれた。朝陽はすぐに流星を探せなかったのがずっと腹立たしくてならなかったが、そもそもの行方不明の責任が尊にあると考えたことは一度もなかった。

たかが、という言い方はいけないかもしれないが、班長であれ、学級委員であれ、しょせんは学校内で便宜的にもうけられた、責任をともなわないまとめ役にすぎない。朝陽がそのことに気づいたのは高校生になり、剣道部の部長になって、大会一回戦でぼろ負けした時だ。「俺のせいで」と泣いた朝陽を、「おまえにはなんの責任もない。責任というのは、大人がとるものだからな」と顧問の教師は慰めてくれた。

小学生が遠足で行方不明になった。その責任は引率の教師にある。班長だろうが学級委員だろうが、子供に責任があるわけがない。

「わたしたちがふがいないせいで、天羽くんには背負わなくていい荷物を背負わせてしまった」

谷口は深く長く、息を吐いた。その重い溜息には尊への申し訳なさと、この十年の後悔が色濃くにじんでいるように朝陽には感じられた。

「それでも」

と谷口は小さく口元に笑みを浮かべて朝陽を見た。

「天羽くんと君が警察官を目指してくれたと知って、本当にうれしかったよ」

その言葉にはっとした。

いなくなった流星を探すと言ってくれた谷口に、小六だった朝陽は救われたような気持ちをおぼえた。けれど同じ時、尊はどう感じていたのか。班長としての責任をその時すでに痛感していて、駐車場に停まっていた車のなかに誘拐犯の車があったかもしれないと考えていた尊は。

『警官なんか全然頼りにならない』

その尊の言葉の裏には、自分にはわからない深い思いが隠れているのではないか……。

「それにしても二人とも立派になったなあ。あの小さな子たちがこんなに大きくなるんだ。わたしも年をとるわけだ。いや、君たちが警官を目指してくれてうれしいよ。制服もよく似合っている」

谷口には谷口の感慨があるのだろう。朝陽は「ありがとうございます」と頭を下げた。少しばかり照れくさい。

「俺……じゃない、わたしが警察官を目指したのは谷口警部に憧れていたからなんです。わたしも谷口警部のように、子供たちに安心感を与えられるような、そんな警察官になりたいと思っています」

「それは光栄だな」

しみじみとそう言って、谷口はぴっと姿勢をただした。背筋を伸ばし、両脚をそろえてつま先を開く。朝陽もあわててそれにならった。

「日野巡査」

「はい！」

警察学校に入校した時点で、階級は巡査だ。

「いい警察官になりたまえ。励めよ」

「ありがとうございます！」

朝陽は胸を張って敬礼した。

「励みます！」

これまでの「事件関係者と刑事」ではなく、同じ警察組織のなかの上長と訓練中の新人として礼をかわす。改めて、背筋にピンと一本、すじが通ったような思いだった。谷口に喜んでもらえるような警察官になりたいと強く思う。

よし、と言うように谷口がうなずいた。

「今日は話せてよかった。なにか思い出したことがあったら、どんな小さなことでもいい。いつでも連絡をくれ」

最後はいつもと同じセリフを口にして、谷口が踵を返す。

その時、朝陽は初めて、谷口のそのセリフが自分だけではなく、谷口がかかわるすべての事件のすべての関係者に発せられていただろうことに気づいたのだった。


谷口と別れてクラブ活動に行き、その後もランニング、清掃といつもと同じタスクをこなしながら、朝陽はずっと尊のことを考えていた。

尊が記憶を頼りに捜索の手がかりになりそうな情報をまとめて提出していたことも、班長として責任を感じていたことも、初めて知った。

朝陽はあの遠足の日のことを思い返した。

予定より遅く帰り着いた学校の校庭で、朝陽と尊は流星の母親に詰め寄られた。

『流星と同じ班よね!?　どうして流星がいなくなったの！　一緒だったんでしょう！』

その時、尊は「すみませんでした」と頭を下げた。ぼくが班長でしたと……。

（あの時から尊はもう班長としての責任を感じていたのか）

朝陽はただ、流星を置いて自分たちが無事に帰ったことを責められているように感じただけだった。それだけでも細かい棘で身体の内側を刺されたように痛かったのに、さらに尊は責任さえおぼえていた……。

（あの日、俺、なにをしてたっけ……）

帰宅して、なにげなくつけたテレビで「遠足中の小学生が行方不明」と報じられていて、やはりとんでもないことが起きたのだとショックを受けた。親があわてて、リモコンでテレビを消したことにも、起きたことの異常性を印象づけられた。

そのあとのことはあまりおぼえていないが、おそらく、興奮して疲れきって、親にも気遣われて、早々にベッドに入ったような気がする。

尊はそのあいだ、記憶を頼りに車種を特定し、親と一緒にリストを作って、それをまた、みやま警察署まで届けに行ったのだ。その時からすでに、流星が誘拐された可能性を考えて。

そういえば……。朝陽はさらに、遠足の次の日のことを思い出した。谷口が学校まで捜索の状況を報告に来てくれた時のことだ。

『本当になにも見つからなかったんですか。なにか手がかりとか……靴とかリュックとか、なにか彼の持ち物もなかったんですか。本当にちゃんと探したんですか』

尊は身を乗り出し、嚙みつくような勢いで谷口にそう尋ねていた。

朝陽は単に「警察の人が探してくれるんだ」と安心していただけだが、最初から「犯人」がいることを想定していた尊はどうだっただろう。「流星を見つけてほしい」と願っていただけではなく、「早く犯人を捕まえてほしい」と願っていたとしたら……。

警察はぬるいと言っていた尊――その裏にある気持ちが初めて、少しだけ見えたような気がした。

自分と尊はそもそものスタンスからちがっていたのだ。

(天羽はネット見てないかな。見てないといいいな)

改めて、心の底からそう願った。小学六年生の幼い心身で、精一杯、いなくなった同級生のためにがんばり、その上、自分の責任だとさえ考えていた尊が、あんな無責任な言葉の数々に傷つけられていませんように。そう朝陽は願わずにいられなかった。

「あ……天羽」

夕食に向かう食堂への通路で、朝陽は尊に声をかけた。

「谷口さんが……おまえにもよろしくって。その……喜んでたよ。俺とおまえが警察官志望でこの学校に来たこと。俺たち、制服がよく似合ってるって」

朝陽にとって谷口はずっと憧れ(あこが)の人だった。だがおそらく、自分にとっての谷口と尊にとっての谷口は同じではない。自分は谷口に褒められて単純にうれしかったが、尊はどうだろう。

「俺たちが大きくなったのも驚いてた」

早口で言い添える。

「まあ……あれから四十センチ以上伸びたからな。大きくはなったが」

「四十……」

物理的にどれだけ大きくなったか示されて、朝陽は絶句する。——俺、二十センチとちょっとしか伸びてない……。頭半分高い尊の背を羨望を込めて見上げた。

「いいなあ、おまえ。なに食ったらそんなに伸びんの」

溜息とともに思わずそう言うと、

「遺伝だろう。母は平均だが、父が長身だ」

とあっさり返された。

「でも小学校ん時は俺より小さかったのに」

なおも口の中でぶつぶつ言っていると、

「ほかには？　谷口さんはなにか話があったんじゃなかったのか」

と質問された。

「あ、うん……」

急いで頭の中を整理する。尊が駐車場に停まっていた車のリストを提出したことはともかく、長いあいだ班長の責任に悩んでいたと聞いたことは黙っていたほうがいいだろう。

「谷口さん、今も十月二十日には捜索隊を出してくれてるそうだよ。でもなんの成果もなくて、俺にも天羽にも申し訳ないって言ってた」

「申し訳ない相手がちがうだろう。一番申し訳ないのは里崎だ」

ぴしゃりと言われた。

「それは……もちろん、谷口さんもそうだと思うけど……」

以前なら、「天羽はやっぱりきつい」と引いたかもしれない。だが、谷口から話を聞いた今では、尊もやはり流星に申し訳ない思いを引きずっているのだろうかと案じられてしまう。

そんなことを話しているあいだに食堂に着いた。

「日野くん！　席とってあるよ！」

窓際から藤田に手を振られた。尊は「じゃあな」とも言わず、そのまま料理を受け取るカウンターへと一人で行ってしまった。

「あ……」

天羽も一緒にどう？　その背にそう誘いかけて、朝陽はやはり口をつぐんだ。

急に馴れ馴れしくされても尊は喜ばないだろう。

朝陽はそのまま別のカウンターに並んで定食を受け取った。

「おい、日野、さっき県警本部の谷口警部と話してたろ。知り合いか？」

藤田の席に行く途中で花岡に話しかけられた。——こういう情報が広まるのは本当に速い。

「ちょっとね」

どういういきさつで知り合ったのか、どんな関係なのか、それ以上詮索(せんさく)されたくなかった。

朝陽は短く答えて、まっすぐ藤田の隣へ急いだ。

「いただきます」

手を合わせて箸をとる。

「あ、そっち、たけのこがあるんだね」

藤田に言われて、自分の盆を見た。確かに朝陽の盆の小鉢にはかつおぶしがまぶされたたけのこの煮物があった。

「好物？　交換しようか」

藤田の小鉢にはがんもどきの煮物がのっている。特別にたけのこが好きというわけでもないからそう提案すると、藤田の顔がぱっと輝いた。

「いいの⁉」

「うん。俺、がんも、嫌いじゃないし」

「ありがとう！」

藤田は小鉢を交換すると、

「やっぱり旬のものはいいねえ」

とにこにこした。せっかくうれしそうなのに否定するのはかわいそうな気もしたが、

「いや、今はたけのこの旬の季節じゃないよ」

と、朝陽は苦笑いで否定して……強烈な既視感をおぼえてとまどった。

（同じ会話をどこかで……）

「えー、でも母方の実家からたけのこが送られてくるの、毎年この時期だよ？」

（誰とだろう？　いつ……）

「え、あ、そう？　でもこのあたりだと、たけのこは三月からせいぜい五月頃……」

頭のなかで記憶をさぐりながら、なかば上の空で藤田と会話を続ける。

「そっか。おじいちゃんちは北海道（ほっかいどう）だから遅いのかな。毎年、おじいちゃんが掘ったのを送ってくれるんだ」

「あ！」

思い出した。「掘ったのを」がキーワードになった。急な大声に藤田がきょとんとする。

「あ、ごめん、ちょっと、忘れてた課題、思い出して」

あわてて言い訳する。藤田は疑ったふうもなく「わーどの課題？」と聞いてくる。

「あ、あの、英語の……」

本当はもう片付けてある課題を言う。

「それならぼく、もうやったよ」

「夕飯、いそいで食べて、がんばるよ」

笑みを作って答えた。

どうしてこれまで思い出さなかったのだろう。

（あの日、流星と……）

そそくさと食事を終え、朝陽は寮の部屋に戻った。細い記憶の糸をたぐるために——。

遠足の日。オリエンテーリングが始まってからのことは何度も何度も人に聞かれて話したが、その前のことは聞かれなかったし、ほとんど思い出さずにきた。

みやま高原キャンプ場に着き、バスを降りたところから、朝陽は丁寧に記憶を追う。

駐車場でいったん、トイレに行きたい人は行くようにと教師から指示があった。全員戻るのを待って、中央広場まで林のなかの道を二列に並んで歩いた。

「おしっこ行きたい」

流星がそう言いだしたのは二十分ほど歩いた時だったか。道添いに小さなトイレが見えてきたところだった。その時も、班ごとにかたまっていたから朝陽は流星と並んで歩いていた。

「天羽、流星、トイレ行きたいって」

尊に告げると、尊はすぐ「先生」と担任のところへ駆けていった。

「なんでさっき行かなかったんだ。仕方ないな。急いで行ってこい。日野、待っててやれ」

担任の須田先生は怖い顔で顎をしゃくった。学年主任もしている中年の男性教諭だった。学年は長い列になって伸びていたから、途中で抜けても置いてけぼりにはならないという判断だったのだろう。

流星は、朝陽が「大きいほうかな」と疑いだした頃に戻ってきた。

「うんち?」

「ちがうよー」

　大きいほうをしたとバレると、ひどくからかわれる。今から思えばバカなことだったが、小学生男児にとっては、クラス内での人権を認められるかどうかという大問題だった。

「手を洗うところが裏だったんだ」

　流星は少しムキになったようにそう言い訳した。朝陽はたとえ流星が本当に大きいほうをしていたとしてもそれをからかうつもりはなかったから、「ふーん」と答えた。たけのこの話になったのはそのあとだ。

「この山、たけのこ採れるんだって。あとで採りにいこうよ」

　流星がそんなことを言いだして、朝陽は「今はたけのこのシーズンじゃないよ」と返した。

「え、そうなの?」

「そうだよ。たけのこは春だよ。おかあさんがよくたけのこご飯作ってくれるもん」

　たけのこが出回るシーズンになると、朝陽の母は茶色く太いたけのこを大鍋で米ぬかと一緒に煮る。そうすると灰汁(あく)がとれるのだそうだ。

「おれ、たけのこご飯より豆ご飯が好きー」

「ぼく、豆ご飯より五目ご飯が好きー」

　そんなことを言い合って、たけのこの話はそこで終わってしまったが……。

（そういえば、なんで流星は急にたけのこのことなんか言いだしたんだろう）

記憶をたぐり寄せても、そこのところはわからない。トイレになにかポスターでも出ていたのだろうか。

谷口に今日も、「どんな小さなことでも思い出したら」と言われたが、しかし。

（たけのこじゃあなあ）

さっき食堂で、藤田と話していて、不意に「この会話、前にもしたことがある！」と感じた時には、なにか大きなヒントがそこにあるような気がしたけれど。たけのこが採れると流星が言っていたというだけではさすがに情報として弱い気がする。

今はもう県警本部で管理職についている谷口に連絡するのはためらわれた。

（今度会う機会があったら、その時でいいか）

事件から十年がたっている。いまさらあわてる必要もないだろう。

朝陽は一人でうなずいた。

＊＊＊　3　＊＊＊

二度見、というものがあるのは知っていたが、初めて自分がその動作をして、ああこれが、と納得した。

警察学校から歩いて十五分ほどの距離にある最寄り駅に、月に一回、教場ごとに清掃に行く。スケジュール表には「駅前清掃ボランティア」と書かれているが、参加は強制だ。

「ボランティアって自発的って意味がなかったっけ」

そうぼやく者も一緒に、二列縦隊になって手に手に清掃用具を持って駅前を目指す。七月の太陽がじりじりと照りつける暑い日で、上は学校名がプリントされた濃紺の半袖Tシャツ、下は黒のトレーニングパンツという格好だったが、すぐに汗が噴き出てきた。

汗をふきふき、植え込みのあいだからゴミを拾い、無料自転車置き場から放置自転車を撤去し、路面の視覚障害者用誘導ブロック上に物が置かれていないか、破損していないか、チェックしていく。

その合間のことだ。

同じウェアの一人が道路にしゃがみ込み、小学校低学年と見える小さな子に目線を合わせて、なにか話しかけていた。とても優しくほほえんで。

空き瓶や空き缶、ペットボトルを拾ってそれぞれの袋に入れていた朝陽は同級生のその姿をいったん視界におさめ、横を向き、見たものが信じられなくて、もう一度振り返った。

（え、天羽？）

二度見したのも無理はない。

尊がほほえんでいる。皮肉そうにでもなく、儀礼的に口角を上げているだけでもなく、せせら笑うふうでもなく、本当に優しそうにふんわりと笑っている。そんな尊の微笑みを朝陽は初めて見た。暑さと太陽のせいで陽炎でも見ているのかと思う。

（うわあ……）

尊はもともと顔立ちがとても整っている。そして美形の常で、黙って無表情でいると冷たい印象を人に与える。それを知ってか知らずか、尊はめったに表情を変えない。

だからだろう。幼い子相手ににっこり笑っている尊が誰だか、一瞬朝陽はわからなかった。

（とても優しそうで、とてもいい人みたいだ）

そういえば、小学校の頃は尊は普通によく笑っていた。再会してからは一度もそんな自然な笑顔を見ていなかったなと気づく。

（こんなふうにも笑えるのか）

朝陽はさりげなく二人のそばに近づいた。

「そっかあ。でも道を渡る時には、絶対立ち止まらなきゃダメなんだ。車がビューって来たり、自転車がシャーって来たりするだろ？　車も自転車も急には止まれないから、そしたら君とぶつかっちゃうよ？　信号があったら、信号が青なのを確かめてから渡る。信号がなくても、車や自転車が来てないのを確かめてから渡る。おにいさんと約束できるかな？」

二度見した時には目を疑ったが、今度は朝陽は耳を疑った。

なんだ、この、柔らかく耳に心地いい声は。

語尾がふわりと優しく、響きに甘さがある。口調がゆったりと落ち着いているのもいい。

『今日の日直は。もう模擬交番の鍵はもらってきてあるのか。授業五分前には開錠しておくようにと言われているだろう』

『先日の交通法規の小試験に落ちた者、レポート提出の期限は今日の十五時までだ。締め切り時間を過ぎたものは一切受け付けないからそのつもりで』

いつもの尊は事務的で、甘いところも妥協もない、厳しい口調でものを言う。言葉選びもいちいちきつい。

車がビュー。自転車がシャー。

（これは本当に天羽か？　天羽にそっくりな天羽もどきなんじゃ……）

あまりのちがいにそんな埒もない考えが頭をよぎる。

「じゃあ、指きりげんまんな」

子供は素直に小指を出し、尊はその小さくて細い指に自分の小指を絡めると、「指きりげんまん」と歌いだす。その歌声は話す声よりさらに甘くて響きがいい。

（ウソだろ）

顔を覆ってしゃがみ込みたくなって、朝陽はそろりとその場を離れた。

イケメンのやわらかな微笑みに甘い歌声。おまけに子供に優しいときたら、同性といえどもときめいてしまいそうだ。

（落ち着け、俺。あれは天羽だぞ）

小憎たらしくて、食えないやつだ、いつものあいつを思い出せと、不覚にもときめきかけた自分に言い聞かせる。

（それにしても）

普段もこの半分、いや、十分の一でいいから愛想のいいところを同級生にも見せてくれればいいのに。小学校の頃のように、冗談を言い合って笑うことがあれば、どれほど教場もなごむだろうと考えてしまう。

（そしたら……）

女性陣にはもっともてるだろうし、男性陣にも好かれるだろう――。

（…………ん？）

そう考えているさなか、胸の奥の奥で、なにかがざわっと動いた。ほんの小さな動きだったが、喉元にいやな苦みがうっすらと上がってくる。

（これ、なんだ？）

朝陽は胸の奥に生まれたネガティブな感情の片鱗に驚く。

今のいやな苦みの正体をさぐろうと、これまでに味わったことのある感情と照らし合わせる。

（ねたみ、とか、ひがみ、とか？）

どうもそういう類の感情のようだけれど……。

成績優秀で、高身長で、イケメンで、運動神経もよくて、剣道は全国大会レベルで……その上、人気まであったら、元同級生としてやりきれない……そんなひがみめいたものが自分の中にあるのだろうか。自分は本当は尊のことをねたんでいるのだろうか。

（でも、そんなのいまさらだよな）

小学生の頃から尊の優秀さはよく知っている。爽やかで優しそうな笑顔を見たからといって、いまさらねたんだりひがんだりするのはちがう。

（じゃあなんだろう）

自分の胸に湧いたものの正体に首をひねりながら、朝陽はゴミを拾い続けた。

クラブ活動の時間に駅前清掃に駆り出され、学校に戻った時にはもう学校の清掃の時間になっていた。

「では各班、いつも通りに持ち場の清掃に取りかかるように。その前に使用した清掃道具はグラウンド脇の倉庫に戻してください。各班の班長は用具の数を必ず確認すること」

この教場には助教官が二人いると揶揄されている。今日も尊の指示が「ようやく一仕事終わった」とほっとしている同級生たちの上に飛ぶ。

その表情はもういつもの「天羽尊」そのままで、指示の声も容赦ない。ほんの少し、あの子供に見せていたのの十分の一でも柔らかな態度や物言いをすれば教場全体の雰囲気もちがってくるだろうにとまた思う。

その駅前清掃から二日後。その日の逮捕術の授業では、朝陽が犯人役、尊が警察官役に指名された。朝陽は「職務質問に協力的ではなく、スキあらば逃げようとする麻薬常習者」の役だ。いやな予感しかしなかったが、指名とあっては仕方ない。

逮捕術というのは相手を倒すのが目的の格闘技とはちがい、相手の動きを封じ制圧するのが目的のものだ。全警察官が習得させられる術であり、卒業前には「逮捕術検定試験」がある。

「こんにちは。少しお話うかがってもよろしいでしょうか」

尊がまずは丁寧に声をかけてくる。朝陽も「はあ？　俺、急いでんだけど」とつっけんどんに返す。

警察官は市民の安全を守るのが仕事だが、しかし、市民に感謝されることが少ない仕事でもある。挙動の怪しい者に職務質問すればキレられ、交通違反を摘発すればキレられ、酔っぱらいを保護すればやはりキレられる。警察学校の教官はおしなべて強圧的で暴力的だが、それは現場に配属される前に少しでも理不尽な暴言や怒鳴り声、時には暴力に慣れさせてやろうという親心からの計画的なものだと朝陽は入校前にネットで見たが、そういう側面は確かにあるかもしれないと思うようになっていた。

体験型の授業ではよくこうして生徒自身が犯人役と警察官役になるが、これも犯罪者の心理や動きを学ぶのに有効な手段だからだという。

ポケットのなかに忍ばせていた小さな紙包みを、朝陽は身体をひねって隠しつつ口元へ持っていこうとした。実際に職務質問を受けた犯罪者が警察官の目を盗んで証拠を飲み込んで隠匿しようとするのは珍しくない。

「失礼します」

尊の手が伸びてきた。紙包みを持った手をとられた……と思った次の瞬間には、朝陽は尊に腕をひねり上げられていた。バランスを崩したところを床に押さえ込まれるまで二秒とかかっていなかっただろう。

「いいいいい痛い痛いっ！」

本当に骨が折れるのではないかと思うほどの痛みだった。少しでも肘（ひじ）の痛みを逃がそうとすると、床に強く顔を押しつける体勢をとらざるを得ない。

「ようし、今の動きはいいぞ」

教官の褒め言葉が聞こえてきたが、尊は力をゆるめてくれない。ようやく尊が手を放してくれたのは、教官が、「天羽、もういい」と言ってくれてからだった。

「いってぇ……」

関節がどうにかなったのではないか。朝陽は肘をさすりながら列に戻る。

尊も涼しい顔で戻ってくるが、朝陽のほうを見もしない。ここで「ごめん」と小さくうなずいてくれるだけでこちらの印象はずいぶんとちがうのにと恨みがましい気持ちが湧いてくる。

こんなふうだからみんなに「天羽は特に日野に当たりが強い」などと言われてしまうのだ。

ちょうどその日の日直は朝陽で、夕食前に尊が一番に、朝陽の部屋に日記を持ってきた。

「よろしく」

それだけ言ってノートを朝陽の机の端に置くと、さっさと背を向ける。ベッドに座ってテキストを読んでいた朝陽のほうなど見もしない。かちんときた。「さっきは悪かったな。腕、どうもないか」ぐらい、社交辞令でも言えないのか。

「天羽、ちょっといいかな」

朝陽はたまらず尊を呼び止めた。

実際、柔道の心得もある尊の力加減は絶妙で、肘が痛かったのはその場だけ、授業が終わる頃にはまったく普通に戻っていた。

しかし、痛みが残らなかったからいいだろうというのはちがう。あんな優しい笑顔で、あんな柔らかい言葉を使うこともできるなら、少しぐらい同級生にも優しくしてくれてもいいじゃないか。先日の駅前清掃で見た笑顔が目先にちらつき、どうしても一言もの申さねばおさまらない気分だった。

尊が黙って振り返る。

「天羽、前に言ってたよな。警察学校は警察官として不適格な者を炙り出すためにあるって」

「言ったが。もちろん、警察学校は警官として必要な知識や技術を学び、なにより警官としての心構えを学ぶ場だというのが大前提として、だ」

だよなと朝陽はうなずいた。

「そうだよな。ここはまず、立派な警察官になるための勉強と訓練の場だよな？　それで俺たちは同じ教場で学ぶ仲間だよな？」

「なにが言いたい」

「俺たちは仲間だろって言いたい」

「…………」

尊は軽く目を見開くと腕を組んだ。片足に体重をかけて朝陽を見下ろしてくる。おまえの言うことに共感はしないが、話は聞いてやろうという態度のようだ。

「おまえは教場の総代だけど、でも俺たちの仲間だ。おまえは教官じゃないし助教でもない」

「当たり前だ。俺の身分が学生だということはちゃんと認識している」

「いや、そうじゃなくて……」

この堅物になんと言えば伝わるのだろう。迷って朝陽は額を押さえた。

「あー……おまえさ、このあいだの駅前清掃でちっちゃい子に声かけてたろ。道を渡る時はどうとかって」

ここはやはり直球だ。

「ああ。左右を確認せず、いきなり飛び出そうとしていたからな」

「その時、おまえ、すごくいい顔で笑ってただろ。声も優しくてさ」

うっすらと尊の眉間にしわが寄った。

「それと今の話がどう関係がある」

いや、だから……と脱力しそうになりながら、朝陽は「そういうとこだよ！」と声を張った。

「なんでいちいち、そうきつい言い方すんだよ。あの子に対するほどとは言わないけど、俺たち同級生にだって少しは愛想よくしてくれたってバチは当たらないだろ」

ふーと尊は溜息をついた。もう片方の足に体重を乗せ直す。

「小さい子は理屈が通じない。だから怖がらせないよう、話をよく理解してもらえるよう、こちらが態度を変える必要がある。だがおまえたちはもういい大人で、警察官になるためにここに来てるんだろう。どこに愛想をよくする必要がある」

もっともな理屈でこられて、朝陽は返事に詰まる。確かにそれはそうだけれど。

「だ……だから、でも、俺たちは同じ目標に向かって進む仲間なわけだろ。もうここにいるのがつらい、無理だって思うやつはやめていけばいいし、実際、もうやめていってる」

　入校から三ヶ月が過ぎ、最初は三十人だった南部教場は二人抜けて二十八人になっている。教室最前列の左端の席だった加藤は席替えのチャンスである三ヶ月目の試験を待たず、二ヶ月目にやめていったし、半月前にも井沢という生徒が自分から退校願いを出してやめていった。

　一度は警察官を目指して採用試験を受け、そして合格した者たちのなかから脱落者が出るのは朝陽にはせつない。

「でも、今、教場に残ってるやつは少なくとも三ヶ月以上、警察官になりたくてがんばってきてるんだよ」

「……なるほど？　それで？」

　先をうながすように顎をしゃくられた。

「だから……」

　どう言えばうまく伝わるのか。

「……おまえもよくがんばってきたな、俺もがんばってるぞ、これからも一緒にがんばっていこうって……そういう、仲間意識を持ってもいいんじゃないか」

「仲間意識」

　わざとらしくその言葉を繰り返された。バカにされたようでむっとくる。

「警察学校は幼稚園じゃないって、おまえが言うのもわかるけど！」

なんとか思うところを伝えたい。

「俺たちは蹴落とし合って自分だけが勝ち残るためにここにいるんじゃない。警察官になるっていう同じ目標を持ってここで勉強してるんだ。だったら、できるところは助け合っていけたらいいじゃないか」

朝陽の力説に、尊は小首をかしげた。

「言っておくが、俺は誰のことも蹴落とすつもりはないぞ」

「そういうことじゃなくて……」

「じゃあどういうことだ」

「俺たちにもっと優しくしろ」

言いたいことを、言葉を選ばず投げた。さすがにインパクトがあったのか、尊が無言で目を丸くする。

「優しくって別に子供扱いしろって言ってるわけじゃないぞ。ただ、同じ目標を持つ仲間としての意識を持ってもいいんじゃないかって言ってるんだ。『ああしろこうしろ』ばかりじゃなくて、お互い居心地がよくなるように声をかけ合ったりとか、そういうことがあっても……」

「警察学校は同級生と馴れ合う場所ではなく、切磋琢磨して少しでも優秀な警察官を目指す、そのための場所だと俺は思う」

朝陽としてはこれ以上ないほどストレートに思いを伝えたつもりだった。なのに返ってきたのはそんなセリフで、朝陽はやっぱり通じないのかと肩を落とした。けれど、そこで、

「まあしかし」

驚いたことに尊は言葉を続けた。

「おまえの言うこともわからないではない。特に、今残っている者はすでに三ヶ月、がんばり続けた者だという点については、反論の余地はない。同じ目標に向かって進む仲間だというのもな。その通りだ。そういう意味で、少しくらい優しくしろと要求されるなら理解する」

どこまでも回りくどく理屈っぽいが、それでも尊なりに理解して歩み寄ってくれる気はあるようだ。

ほっとした。

「わかってもらえてうれしいよ。俺たちは警察官を目指す仲間なんだ。特に俺とおまえなんて小学校も同じで幼馴染みなんだし」

あの小学生に向けていたのと同じとまではいかないが、少しくらい、優しい顔を見せてくれてもいいだろう。関節技をキメて涼しい顔というのはどうかと思う。

そんな気持ちで放った言葉だったが、尊の目がまた丸くなった。

「幼馴染み……」

しげしげと見つめられた。あまりにじっと見つめられて居心地が悪くなる。さらに、

「俺と、おまえが」

ゆっくりとつぶやかれる。

「い、いや……でも、そうだろ?」

そんなにおかしなことを言ったかとあせりながら、朝陽は言葉を返した。

「俺はあけぼの幼稚園で、おまえは? ……ああ、ひまわり保育園か。けど小学校は富士見小で二年と三年、五年と六年は同じクラスだっただろ。一緒に遊んだし、本も貸し借りしてた。夏休みに市営プールに遊びに行ったりもしたよな。お互い、一番ってわけじゃなかったけど、友達だったじゃないか。幼馴染みって言ってもいいと思うけど」

ここで気おくれしてはいけない。朝陽は自分の言葉の正当性を主張した。

「幼馴染み」

もう一度、尊は繰り返して、やはりじっと朝陽を見つめてくる。

「そうだよ。幼馴染みだよ」

弱気にならず、うなずいてみせると、尊はうっすら眉根を寄せた。

「……幼馴染みというのは……幼少時の思い出を共有する、ほかより親密で、少々甘い感覚を呼び起こす関係をさす言葉だと思うが……」

ほかより親密、甘い感覚を呼び起こす……そういう表現をされるとは思わなかった。尊が言う幼馴染みの定義にひるみそうになりながら、朝陽は耐えた。

「まちがいじゃないだろ。おまえ、柏木先生、おぼえてる？」

「ああ、三年生の担任だった」

「面白い先生だったよな。算数の授業でグラウンドに出たり、理科で公園行ったり」

ああ、と尊がうなずく。

「実体験と理屈をうまく組み合わせて子供の理解をうながす、独創的な教え方の教諭だった」

「ほら、こういうことだよ」

朝陽は畳みかけた。

「俺とおまえは子供時代に共通する思い出がたくさんある。今でこそおまえは身長高いほうだけど、昔は先頭で『前ならえ』の時は腰に手を当ててた。でも駆け足はめちゃくちゃ速くて、どの学年でもリレーの選手に選ばれてた。な？　こんなこと、ほかの学生は誰も知らないだろ」

尊はしばし首をひねり、なにごとか考えるふうだったが、

「おまえの認識では俺とおまえは幼馴染みなんだな？」

と確認してきた。

「だからさっきからそう言ってるだろ」

「……わからないな」

と尊は首を横に振ってうつむく。なにがわからないんだと朝陽は身を乗り出しかけた。そんなに俺を幼馴染みと認めるのがいやなのか。そう聞きかけたところで尊が顔を上げた。

目が合う。

「……おまえは……俺を恨んでるんじゃないのか」

恨む。言葉の強さに朝陽はたじろいだ。

「な、なんで……なんで俺がおまえを恨むんだよ」

そこで尊は少し言いよどむ様子をみせた。

「……おまえと里崎(さとざき)は、仲がよかったから……」

ようやく出てきた声は、やはり珍しく迷いが感じられるものだった。

「おまえは俺を恨んでいるのかと、思っていた」

「そんな」

あまりに意外なことを言い出され、驚きで目が丸くなる。

「そんなわけないだろ！　恨むなんて、なんで……」

思い切り否定して、そして遠足後の自分の態度を思い出した。そのせいで恨まれていると、尊は思ってしまったのだろうか。

一度あやまった時には「あやまってもらうようなことじゃない」とすげなく返されてしまった。当時の話はそれきりになってしまっていたが、やはりもう一度、きちんとあやまりたい。

「遠足のあと……俺、本当に悪かったよ。おまえに腹を立てて、ひどい態度をとって……今から思えば、本当にガキだった。ごめん、ごめんなさい」

深く、しっかりと頭を下げる。

「あやまってもらうことじゃない」

尊が首をまた横に振る。以前と同じ言葉だったが、その口調のせいか、今度は拒絶されているとは感じられなかった。

「里崎と仲のよかったおまえが……俺を恨むのは当然だ。だから……」

はっと胸を突かれたような気がした。尊をかたくなにさせていたのは、もしかしたら、尊の自責の念と、自分の態度のせいではなかったのか……。

「ごめん」

朝陽はもう一度あやまった。

「あの時、すぐにまわりを探させてくれてればって……おまえに腹が立ってたのは事実だよ。でも、だからって、おまえを恨むとか、そんなのは全然ない」

尊は朝陽の言葉に、困ったように額を押さえた。その表情は、「これはこういうものだ」と思い込んでいた前提が崩れてとまどっている人のように見える。

「……日野(ひの)が怒るのは、無理もないと思っていた。あの時、もし、おまえの言うようにすぐに周辺を探していたら、里崎は行方不明にならずにすんでいたかもしれない」

意外な一言だった。

谷口(たにぐち)に尊が班長としての責任を感じて自分を責めているとは聞いていたが、まさか、そんな

「もしも」を尊も考えていたとは思わなかった。

尊はいつも堂々としていて、自分の正しさを疑っていないように見える。その尊が……。

「いや」

朝陽がなにも言えずにいるあいだに、尊は自分の言葉を自分で否定するように首を振った。

「あの時、教師への報告を先にしたのは正しかった。里崎が自分の意志で姿を消したならともかく、あの時点では悪意ある人物にさらわれたのか、横道にそれてそこで事故にあったのか、なにもわからなかった。二次災害を防ぐためにも、大人への報告を先にするべきだったのはまちがいじゃなかった。しかし……」

しかし、の先が続かなかったが、いつも無表情な尊が苦しげに眉を寄せているのを見れば、その胸の内に後悔が渦巻いているのが伝わってくる。

「で、でも！」

たまらなくなって朝陽は立ち上がった。

「その通りだよ！　あのまま子供だけで探してたら、どんな危険があったかわからない！　あとになって、ああしていればこうしていればって後悔はするけど、でも……」

道が二本、三本と分かれている時に、どの道を選ぶのが正しいのか、その場ではわからない。その場で「これが正しい」と思って一本の道を選んでも、それで思う結果が得られるとは限らない。結果が思わしくなかった時、「あの時、あっちを選んでいれば」という後悔は必ず生まれる。「あっち」を選んでいても結果は変わらなかったかもしれない。もしかしたら、もっと悪い結果になっていたかもしれない。それでも人は選ばなかった道のことを悔やみ続ける。

朝陽はよかった。

朝陽の主張は通らず、「もし、あの時ああしていれば」と尊を責めて、ぐちぐちと思い続けるだけでよかった。けれど、自分の主張通りに行動して、結局、流星が見つからなかった尊はどうだったのか。その上、班長としての責任まで感じていたのだとしたら……後悔と自責の念はどれほどのものだっただろう。

「でも……」

どうすれば尊の心の重しを軽くできるのかわからない。言葉が見つからない朝陽に、

「なにを言っても、いまさらだ」

尊は強い口調で、自身の葛藤(かっとう)を断ち切るようにそう言った。

「今、同じ状況になっても俺は同じ選択をする。あそこで子供だけで里崎を探すべきじゃなかった」

尊の瞳に強い光が戻っている。――何度こうして、尊は自分の選択の正しさを確認し、そしてまた「あの時すぐに探していれば」と自責に沈んだのか。この十年の尊の葛藤の片鱗を垣間見てしまったようで、朝陽はやはりなにも言えなかった。

「うん。あれで、よかったと思うよ」

そう言ってうなずくのが精一杯だった。

その時、夕飯を知らせるチャイムが響いた。

「あ……食堂行く時間……」

「そうだな」

「あ、あのさ……一緒に、行かないか、食堂」

「…………」

思い切ってかけた誘いに、尊はまじまじと朝陽を見つめてくる。

「いや、いやならいいけど」

居心地悪くなって取り消すと、

「いやじゃないが。どうして誘う？　幼馴染みだからか」

誘った理由を尋ねられた。

こういうところだよなあと朝陽は「ふへ」と笑ってしまう。

「幼馴染みで、今も同級生だからだよ。行こう！」

尊の肩をぽんと叩いた。


水難救助の授業があった。それまでの授業では水着着用で、まずは全員がクロール、平泳ぎ、立ち泳ぎができるようになるよう、指導された。学生のなかには最初は息継ぎができない者もいたが、警察学校では「できない」ではすまされない。居残り、課外練習と、泳げるようになるまで徹底的に練習が繰り返された。

その日の授業では着衣での泳法と救助の仕方を学ぶことになっていた。

もう来週には小中学校で夏休みが始まるという時期で、水が恋しい暑さだった。とはいえ、厳しい訓練のために水に入れてもさほどうれしくはない。

まずは長袖のトレーニングウェアでプールに入り、着衣での泳ぎを学んだがこれが厄介だった。水のなかで衣服は肌にまとわりつき、水の重さが倍になって手足の動きをさまたげる。

全員、二十五メートル泳ぎきるように指示されたが、最深部は二メートルの深さがあるプールを着衣で泳ぎ渡るのは怖かった。

ずぶ濡れでプールサイドに上がってから、今度は班ごとに救助用のゴムボートを準備することになった。乾いた衣服でなら簡単な作業も濡れた布にいちいち関節を引っ張られては思うように動けない。

五人でなんとか充気してボートをプールに浮かべた。

溺れている人を後ろからかかえる姿勢や、しがみつかれないようにするための注意点、ボートに引っ張り上げる動作の説明があり、次に自分たちでやってみることになった。

朝陽たちの班では花岡が要救助者、朝陽が救助者の役で、藤田と村松、矢野の三人はボート上で待機と決めた。朝陽と花岡はライフジャケットを着用してのぞむ。

「うわあ、助けて、助けて」

花岡は先日の二度目の学科試験でも尊についで二番だった。頭は悪くないのだが、どうにも演技力というものがない。申し訳程度に腕を動かしているが、救助を求める声は棒読みだ。

「大丈夫です！　あわてないで、落ち着いてください。これに摑まって！」

朝陽はまず花岡に浮き具を渡して摑まらせ、次に背から脇の下に腕を回して、ボートへとひいた。ボートのロープに摑まらせる。

ここまでは順調だった。

事故が起きたのはそのあとだ。

ボートのへりにしがみつく花岡をボートの三人が引っ張り上げようとする。だがそこで、藤田が立ち上がってしまった。ボートでは重心を低くして立ち上がってはいけないと注意されていたのを救助に夢中になるあまりに忘れたのだろう。

「あぶな……っ」

ぐらりとボートがかしいだ。

「うわッ」

藤田がバランスを崩す。その身体がぼちゃんと水中に落ちた。

「わ、うわッぶお……ッ」

落ちた拍子に水を飲んだのか、藤田は必死で顔を水面に出そうとした。

「藤田！　落ち着け！」

立ち泳ぎの訓練は受けている。着衣でも基本は同じだ。それでもまずいと感じたら、まずは落ち着いて身体を水平にする。そうすれば顔の前面はなんとか水面に出るからだ。

なのに藤田は闇雲に水をかいて、頭を水面に突き出そうとした。しかし身体が垂直になったら、あとは沈むしかない。

「たす……ぶふッ」

藤田の頭が水に沈むのはすぐだった。必死に水をかくがその手もどんどん沈んでいく。

「藤田！」

朝陽はロープを握っていた手を放し、着けていたライフジャケットの前を開いた。そのまま藤田を追って水中にもぐると、ライフジャケットが腕から抜ける。

沈む藤田の影に向かった。藤田の背後に回り込み、とにかく身体を水平にさせようと思ったのだ。ところが、「溺れる者は藁をも摑む」のことわざ通り、藤田は近づいた朝陽にしゃにむにしがみついてきた。

「ッ……！」

これでは二人とも溺れてしまう。朝陽はなんとか藤田から距離をとろうとしたが、腕といわずウェアといわず摑まれて、身動きができなくなる。

足のつかないところで沈んだら、思い切りプールの底を蹴って浮上しろと言われている。もうこうなったらあとはそれしかないのに、パニックになっている藤田はそれも忘れているようだった。

「藤田ッ！」

朝陽自身もパニックを起こしかけていた。思わず藤田を叱ろうとして、口からがぼりと大きな空気の泡が出ていく。

（しまった）

藤田の手をなんとか振り払おうとしたが、それもかなわない。

息が苦しくなってきた。

（ダメかも）

しがみつかれて身体が自由に動かせない。このまま死ぬかもしれないという恐怖が腹の底から突き上げるように湧いてきた。――怖い！

（ダメだ、落ち着け、パニックを起こすな！　教官もいる、みんなもいる、すぐに助けてもらえるから！）

必死に自分に言い聞かせるが、恐怖はどんどん大きくなって、呑み込まれそうになる。

その時だ。

なにか固いものが手に当たった。反射的に握り締める。

（ロープだ！）

助けがきた！　朝陽はとにかくしっかりとロープを握る。と、水中でぼんやりしている視界が暗くなった。人が上から覆いかぶさるように近づいてきた。ぐっと肩を引き上げられる。

これで助かる。息は苦しいが、あと少し耐えるだけだ。

そのままロープに引っ張られ、引き上げられる途中で、しかし、朝陽にしがみついていた藤田の手がふっとゆるんだ。

はっとした。藤田がゆらりと離れていく。

「ッ……」

あわてて手を伸ばしかけたが、それより早く、救助に来てくれた影がふたたび沈みそうになる藤田を捉えた。マニュアル通り、背後から藤田をかかえて水面へと上がっていく。

よかった、これで大丈夫だと思った次の瞬間、頭が水面に出た。

ほとんど同時に藤田をかかえた救助者もぽこりと顔を出した。尊だ。

（天羽だったんだ！　ありがとう！）

反射的にそう言おうとして口を開き、

「……っ、っごっ、ぐふっ……」

激しくむせた。

そのまま幾本もの手でプールサイドに引き上げられたが、朝陽はうずくまったまま動けなかった。肺に空気が満ちるまで、涙が出るほどむせてえずいた。

　したたかに水を吐き、ようやく荒いながらも息が戻って、朝陽はやっと周囲を見回すことができた。青い顔の藤田が教官に感染予防用の器具を使って人工呼吸をされている。

「ふじ……」

　声をかけようとしたところで、

「この、バカっ」

　頭の上から大声で怒鳴りつけられた。見上げると、膝(ひざ)をついた尊の恐ろしい顔が至近距離にあった。

「これまでなにを聞いていた！　救助は自分の安全を確保しておこなうのが鉄則だろう！」

　嚙(か)みつかれるかと思うほどの勢いで怒鳴られる。まわりの学生も、応援に駆けつけた救護医もぽかんとするほどの尊の剣幕だった。

「ご、ごめん……」

　ついあやまると、

「ごめんですめば警察はいらない！」

　と、また怒鳴られた。

　警察学校で学んでいながら小学生のようなことを言うのがおかしくて、「ぶふ」と吹き出すと、

「なにがおかしい！　わかっているのか、おまえは……」

さらに叱責が続きそうになった。

「天羽、それぐらいでいい」

見かねたのか、助教官が横から取りなしてくれた。

「日野、大丈夫か。歩けるか」

「はい……」

うなずいて立ち上がろうとしたところで、身体が大きく揺れた。とっさに尊に支えられる。

「担架！」

尊の鋭い声が飛んだ。担架は大袈裟だと思ったが、その指示に数人が駆けだした。

そこからはばたばただった。

藤田は意識を取り戻したが、念のため病院に連れていかれることになり、朝陽は救護室へと担架で運ばれた。

（しまったなあ）

しばらくは救護室で休むことになった。薄いブルーのカーテンで囲われたベッドで横になっていると、しみじみと反省の気持ちが湧いてきた。

なぜ、マニュアル通りに救助者に摑まらせるものを持ってもぐらなかったのか。考えもなく反射的に藤田を追ったせいで、結果的に救助に手間取ることになった。用具も人員もそろっていたのに、藤田が病院に行かねばならないようなことになったのは、結局は自分のせいだ。

重く長い溜息が出た。

人を助けられる存在になりたかった。市民に頼られ、そして市民を守る警察官に。

(なにやってんだ)

救助は怖い。油断すれば救助者が要救助者になり、被害が大きくなってしまう。救助者はもちろん要救助者を安全に確保するのが目的で動く。だがその時、自身の安全もまた、しっかりと確保していなければならない。

藤田のことはこれまでなにかとかばってきた。手助けしてきた。

『誰に余裕があるんだ?』

『人のおせっかい焼いてる場合じゃないんじゃないのか』

以前、少しくらい藤田の手助けをしてくれてもいいんじゃないかとなじった朝陽は尊にそう言われた。その時は本気で反発をおぼえたけれど……。

(ホントだよなあ)

困っている人は助けるべき。その短絡的な考え方が藤田と自分を危険にさらしたのだ。

(あの遠足の時も……)

その場で探そうと言い張った自分。大人に知らせるのが先だと主張した尊。

ずっと、尊に反発をおぼえていた。けれど、あの時、あのまま子供だけで周辺を探すのは、救命用具を持たずに溺れている人に近づくのと同じことだったのではないか。

初めて心から、尊の主張の正しさを認めることができるような気がした。

こんこんと救護室のドアがノックされた。

「はい」

と看護官が応えると、誰かが入ってくる気配があった。

「こちらに運ばれた日野巡査の様子はどうですか」

(天羽だ！)

尊の声に、急に心臓がどきどきしてくる。わざわざ様子を見に来てくれたのだろうか。それとも総代として、なにか連絡を持ってきたのか。短い時間であれこれ考えてしまう。

「落ち着いてますよ。どうぞ」

足音がこちらに来る。カーテンが揺れて、隙間（すきま）から尊が顔を見せた。とくりと心臓が跳ねた。

「起きてたか。どうだ、気分は」

「ありがとう。もう大丈夫」

うなずいてみせると、尊はカーテンのなかへと入ってきた。椅子を引き寄せて座る。朝陽も身体を起こそうとしたが、「寝ていろ」と手で制された。

「その……ありがとうな、助けてくれて。それから、ごめん。俺が迂闊（うかつ）だった。救助に向かうなら、きちんと準備しなきゃいけなかった」

心から反省していたから、本当に申し訳なさそうな声が出た。

「……俺も、怒鳴って悪かった」

「え」

思いがけない謝罪だった。尊からあやまられるとは想定外だ。

「いや、そんな……天羽があやまることはなにもないよ！　俺が悪かったんだ、本当に」

「おまえが迂闊だったのはまちがいない。救助の基本を忘れた軽挙妄動だった」

返す言葉もない。朝陽は枕の上で深くうなずいた。

「俺がちゃんと準備してたら藤田が救急搬送されるようなことにはなってなかったと思う」

「その通りだ」

尊はうなずき、「しかし」と続けた。その眉間に深刻そうにしわが寄る。

「おまえはあの時、真っ青だったし、苦しそうだった。そんな状態の相手にあんな怒り方はするべきじゃなかった。俺はあの時、おまえを叱ったんじゃなくて、怒ってしまった」

叱ると怒るはちがうという。怒りの感情にまかせて相手を責めるのが「怒る」、冷静に相手の落ち度や失敗を指摘し、なにが悪かったか納得させるのが「叱る」だと。

（そういえば）

尊がこれまで感情的に相手を怒鳴りつける姿は見たことがなかったと気づく。教場を凍らせるきつい物言いは冷静であればこそのものだったのか。

「悪かった。つい、かっとなった」

「……ふへへ」

思わず笑い声が漏れてしまった。なにを笑う、と尊の目が険しくなる。

「あーいや、なんかさ、俺がおまえを怒らせたんだと思ったら……笑えた。おまえ、いっつもクールなのに」

「だからこうしてあやまりに来ただろう」

むっとしたように言われる。

「天羽があやまることじゃないよ。俺がホントに悪かった。助けてくれて、ありがとうな」

もう一度礼を言うと、心なしか、尊の頬に赤みがさしたように見えた。

「まあ、元気そうでよかった」

あわてたように立ち上がる。そこですっと表情も姿勢もただすと、

「今日のことは明日始業前までに反省文を南部教官に提出するように。レポート用紙三枚だ」

いつもの尊らしく相手に有無を言わせぬ語調で告げ、尊は踵(きびす)を返して出ていった。

尊を怒らせた。

普通なら落ち込まなければならないところだと思ったが、なぜだか逆に、心がふわふわするようだった。

（いや、人を怒らせて喜ぶとか、それは性格悪いだろ）

尊を不機嫌にさせたことがうれしいのでは決してない。しかし、尊が本気で怒ってくれたのだと思うと、心が勝手にふわついてしまう。

そんな自分を叱る。

（本気で怒ってくれたとか、そういう問題じゃない。そこまで危ないことをしたってことを、もっときちんと反省しないと）

ふわふわする心を戒めた。

それにしても——尊が小学生相手に見せた優しい笑顔にもやもやしたのはつい先日のことだ。俺たちにはあんな顔を見せないのに……と。そして今度は尊が真剣に怒ってくれたのを喜んでいる。

（俺、どうしたのかな）

自分で自分の心の動きがわからない。こんなわけのわからなさは初めて味わう。

（いっつも無表情でクールな天羽の感情が見えると、親しくなれたような気がする……とか）

あれこれ推理してみるが、どうもぴんとこなかった。

それからさらに一時間ほど救護室で休み、朝陽は夕方の清掃から班に合流した。

「もう大丈夫？」

村松が心配そうに尋ねてくれる。

「うん、心配かけてごめん」

「まったくだ」

　きつい口調でうなずいたのは花岡だ。

「点数稼ぎのつもりかもしれないが、救命用具も持たずに飛び込んだんじゃ、逆にマイナスがつくんじゃないのか」

「点数稼ぎ……」

　とっさの行動を「点数稼ぎ」と判断されて朝陽が驚いていると、

「まあいいんじゃないの」

　と矢野が割って入ってきた。

「日野、苦しい思いをした上に天羽にあんな怒鳴られたんだからさあ。教官たちも逆にびっくりしてたよね。俺も最初、誰が怒鳴ったかわからなかったよ」

　それはそうだろうなと朝陽は苦笑する。

「それだけ俺のしたことが悪かったんだから仕方ないよ」

「でも今日の天羽くんには驚かされっぱなしだよ」

　村松も口を挟む。

「飛び込む時も、教官より早くぱぱぱっと指示して、どっぼーんだもんね。それであの怒り方は天羽くんらしくないっていうか。担架の時も『担架！』ってすごい迫力だったし」

「だよなあ。怒るのもいつもの天羽なら『救助は救助者の安全を確保してからおこなう。特に溺れている者を助ける時には救命用具、なければ衣服でもよいから摑まれるものを用意してからのぞむと、これまでの授業で習わなかったか』って、すんげえ嫌みな感じで言ってるよな」

「わあ、似てる似てる！　そうそう、そんな感じ」

矢野と村松が尊の口真似で盛り上がっているところに、

「さすがに元同級生相手で、あいつも素が出たんだろ」

花岡が冷たく口を挟む。

その花岡の言葉に、また心がふわっと浮き立ちそうになり、朝陽はきゅっと奥歯を嚙んだ。そんなことを喜んでいる場合じゃない。

「うん、でも本当にごめん。みんなにも迷惑かけた」

頭を下げると、「本当だぞ」と花岡に追撃された。

「俺の班から脱落者が出たなんて不名誉はいらないからな。五人そろって卒業できるように、これからはもっと気をつけろ」

「…………」

意外な言葉に、顔を上げた朝陽はしげしげと花岡を見つめてしまった。花岡が五人そろっての卒業を目指しているなんて初めて知った。最初は班に迷惑をかけるからと藤田に退校を迫っていたくせに……。

なんだかんだ言っても、これまで三ヶ月半、一緒にがんばってきた絆のようなものが芽生えているのかと思うとうれしい。

「なんだよ、ほら、掃除始めるぞ！」

花岡もいらないことを言ったと思ったのか、目のまわりが少し赤くなっている。

ここで笑ってはいけない。

「ほうき、ほうきと」

掃除用具をとりに行きながら、朝陽は笑いを噛み殺した。

当の尊に声をかけられたのは食堂だった。

「もう大丈夫なのか」

朝陽はまだ戻ってこない藤田を案じつつ、いつもの窓際の席で一人で夕食を食べていたところだった。

「天羽！」

食事前に部屋に行って改めて見舞いの礼を言おうと思っていたが、欠席してしまった授業の内容を花岡に説明してもらっているあいだに時間が来てしまった。

「さっきは救護室まで来てくれてありがとうな。……あ、ここ、どう?」

向かいの席を示す。この前、朝陽の部屋から一緒に食堂まで来た時はカウンターに並ぶ時に自然に離れてしまった。

一人のほうが気楽だとことわられるかもしれない。そう覚悟しての誘いだったが、尊はちらりと空席に目をやり、「いいのか」と聞いてくる。

「もちろん！」

高速で二回、うなずいて返した。だが、正面に座るなり、

「反省文は書けたのか」

と尋ねられ、箸（はし）が止まった。

「……就寝前に書きます……」

「それがいいな」

あっさりとうなずかれる。『やっぱり天羽は天羽だな』と妙に納得する。

「藤田だが」

と切り出された。

「さっき、学校に戻ってきたぞ」

「ホント？　もう大丈夫なのかな」

「とりあえず今夜は救護室で休むそうだが、問題はないらしい」

「そうか、よかった」

ほっとした。

「あとで顔を見に行こうかな」

「受けられなかった授業の説明をしてやってくれと南部教官に頼まれている。一緒にくるか」

「行く行く！」

そうして食後、朝陽は尊とともに救護室に藤田を訪ねた。

「もう大丈夫だよ。ありがとう。二人が助けてくれたんだよね。ごめんね、迷惑かけて」

藤田はそう言って頭を下げたが、やはり疲れているようだった。元気もない。

それでも次の日からはもう普通に戻るだろうと朝陽は勝手に思っていたのだが……。

「藤田は？　もう戻ってるんだろ？」

次の日の朝食に、藤田は姿を見せなかった。花岡が声を尖らせる。

学校では夕食は各自自由な席に座れるが、朝食と昼食は班ごとと決まっている。

朝のランニングと清掃にも藤田は出てこなかったが、まだ体調が悪いのだろうと教官からも特に咎められなかった。しかし朝食をとらないとなると話は別だ。

「まだ食べられないほど具合が悪いのかな」

村松が小首をかしげる。

「俺、様子を見てこようか」

朝陽が申し出ると花岡がうなずいた。

「ああ、頼む。教官には俺から報告しておく」

入ってくる人波にさからって、食堂の出入口に向かう。

「日野、どこに行く」

尊に声をかけられた。

「藤田が来ないいんだ。様子を見に行こうと思って」

「俺も行こう」

意外な申し出だった。尊は前を行く自分の班のメンバーに手短に寮に戻ることを伝えて、踵を返す。

「天羽はこなくてもいいよ。俺一人で」

「いや……少し気になるんだ。俺も行く」

朝のうちに寮に戻っているはずだと教えられて、朝陽は尊と二人で寮へと走った。途中、

「天羽、さっき少し気になるって言ってたけど、なにが？」

と聞いてみた。

「……ゆうべの藤田がな……加藤や井沢と同じ顔をしてたから」

相次いで退校していった加藤と井沢の名前が出てきて朝陽はぎくりとした。

「まさか……」

「本人と話してみればわかることだ」

寮に着いた。朝陽はこれまで何度か来たことのある藤田の部屋のドアをノックした。

返事がない。

「藤田？　日野だけど？　天羽も一緒だ」

今度は声をかけつつ、二度目のノックをする。ようやく「はい」と力ない返事があった。

「あけるぞ？」

ドアを開くと、藤田は肩を落として背を丸め、ベッドに座り込んでいた。起床したらすぐ、パジャマがわりのTシャツとジャージから学校指定のトレーニングウェアに着替えなければならない規則だが、まだ私服のままだ。

「藤田……朝ご飯だぞ。食べないと一日もたないよ」

様子をうかがいながら、朝陽は部屋に入った。しょげた藤田の前に二人で立つとそれだけで威圧感が出てしまう。せめて厳しく聞こえないようにと気をつけて柔らかく声をかけた。

「……食欲がないんだ」

「まだ体調が戻らない？」

そう尋ねると藤田は黙って首を横に振った。

「じゃあ少しだけでも食べにいこう？」

そっと誘う。やっと藤田が顔を上げた。少しむくんで見える顔の中で、目だけが思いつめたように光っている。

「……ぼく、やっぱり無理だと思う。この学校」

尊の言う通りだった。一瞬、尊と目を見交わしてから、朝陽は「隣、いい？」と藤田の横を指差した。

無言でうなずくのを待って、少しあいだをあけてベッドに座る。尊は腕を組んで斜め前の机にもたれた。

「無理って、やめたいってこと？」

非難がましく響くのを警戒して、あえてゆっくりした口調で尋ねる。

藤田が深くうなずいた。

「ぼくには無理なんだ。警官なんて」

朝陽は藤田の部屋を見回した。

勉強に関係のない掲示物はA2サイズ二点まで。その決まりにしたがって、部屋にはポスターが二枚、貼ってある。一枚にはアメリカの警官のさまざまな制服姿がずらりと並び、もう一枚ではやはりアメリカの警官が映画のようにポーズをつけて拳銃を構えている。机に据え置き式になっている本棚にも「USAポリス図鑑」「丸わかりニューヨーク市警」といった背表紙が目立つ。

「本当はアメリカの警察に入りたかったんだ。制服、カッコいいから。でもぼく、英語、苦手で……」

朝陽の視線に気づいた藤田がぼそぼそと言う。

「アメリカの警察に憧(あこが)れてここに来たのか」

それまで黙っていた尊が口を開いた。藤田はまた深くうなずく。

「もともと、動機が軽薄だったんだ。だから無理なんだよ、もう」

「確かに軽薄な動機だな」

朝陽が止める前に、尊はあっさりと同意を示した。

「でも……藤田、いいおまわりさんになりたいって言ってたじゃないか。市民の安全を守って犯罪者を検挙したいって」

「だって、そう言わないと、試験、受からないから」

申し訳なさと開き直りが混ざった口調だった。

「なるほど。一応、試験対策はしたわけだな」

「制服が着たかったんだよ。日本のでもいいから」

藤田は言い訳がましく言い、尊の表情を上目遣いにうかがった。

「……軽蔑(けいべつ)する、だろ？　そんな理由で警官になりたいなんて……。きのうだってバカみたいにボートの上で突っ立って落ちて……すぐに助けに飛び込んでくれた日野くんや天羽くんは偉いよ。ぼくは……やっぱり無理だ」

「いや、俺は……」

「日野は偉くないぞ」

言いかけたところをあっさりと尊に取られた。

「救命用具も持たずに助けにいって、危うく二人そろって溺れるところだった」

うん、と朝陽は決まり悪くうなずいた。

「天羽が助けにきてくれなかったら、危なかった」

「でも」

藤田が言い張る。

「日野くんは市民に頼られる警官になりたいって言ってて、実際、溺れてるぼくのこともすぐに助けようとして動いてくれた。でも、ぼくはちがう。アメリカのは無理だけど制服が着られるからって理由で警官に憧れてただけで……」

「確かにそう聞けば動機は軽薄だし、ボートの上で立ち上がったのは愚かだ」

尊がなにを言いだすのかと朝陽ははらはらして、その顔を見上げた。退校するという藤田を説得してくれるつもりなのか、それともさっさとやめてしまえと言うつもりなのか。尊の腹が読めない。

「だが逆に、そんな軽薄な動機で、おまえは三ヶ月半もこれまでがんばってこれたんだろう」

その問いかけに、朝陽は少しばかりほっとした。とりあえず尊は退校を勧めるつもりではないらしい。だが藤田はゆるく首を横に振った。

「全然、がんばれてないよ。学科の成績も悪いし、実技はやり直しばっかりだし、剣道も柔道も全然うまくならない。いっつも日野くんに助けてもらってるし」

「俺は学科の成績もいいし、実技もこなせる。剣道は全国大会レベルで、柔道も茶帯だ」

今度はあからさまに己の優秀さを口にした尊に朝陽はまた驚いてその顔を見た。――なにを言う気だ。

「そんな俺の三ヶ月半と、藤田の三ヶ月半、どっちが大変だったと思う」

そういうことかと再度、朝陽はほっとする。尊の話の組み立ては心臓に悪い。

「それは……でも、天羽くんは天羽くんで、努力したから……」

「教科書は見たら記憶できる。剣道と柔道はもともと好きで、技を磨くのを努力と思ったことはない。おまけに試験は学年トップで、教官たちは俺に甘い。それでもおまえは、おまえより俺のほうが大変な三ヶ月半を過ごしたと思うのか」

「だ、だから……あ、天羽くんみたいな優秀な人が警官になればいいんで……ぼくなんか……」

「そうだな。俺が百人いれば、おまえはいらないいな」

またも朝陽はぎょっとして尊を見た。

「な、なに言ってるんだよ」

さすがに黙っていられなくて割って入る。

「天羽が百人とか……ぎすぎすしすぎて、そんな教場、教官だっていやがるよ」

尊に視線を向けられたが、朝陽は続けた。

「それに……天羽はどれだけ優秀でも一人なんだ。でも、警察は組織だ。集団なんだ。一人のヒーローが活躍してできることなんか、たかが知れてる。よく警官は兵隊にたとえられるけど、兵隊はちゃんと人数そろってなきゃ意味がないんだ」

「その通りだ」

尊がうなずく。

「最初の動機なんかどうでもいい。とにかくこの学校で六ヶ月、警察官になるとはどういうことか、どういうことを求められているのか、心と身体に沁み込ませればいいんだ。いい兵隊になるためにな。そして藤田はもう三ヶ月半もここでがんばってきたんだろう。単純に制服が着たかったんでもなんでもいい。厳しい訓練と教官の怒鳴り声に耐えて、規則だらけの寮生活を送ってきたんじゃないのか。それをここで投げ出すのか」

ここまではらはらさせられたが、尊が言いたいのはこれだろう。朝陽はうなずき、

「花岡も、班から脱落者は出したくないって。みんな、藤田も一緒に卒業したいんだ」

と、そっと付け足した。

「…………」

藤田がうつむいた。長い沈黙になったが、朝陽はじっと藤田が答えを出すのを待った。尊も静かに藤田を見守っている。

やがて藤田は首をかすかに振り、そしてまず尊を見て、朝陽を見て、もう一度、尊を見た。

「……市民のためじゃなくて……制服が着たいからがんばるんでも……いいのかな」

もちろんだよと横でうなずき、朝陽は尊を見上げた。尊はどう答えるだろう。

「警察官職務執行法一条一項、警察官は、個人の生命、身体及び財産の保護、犯罪の予防、公安の維持並びに他の法令の執行等の職権職務を忠実に遂行するために、必要な手段を定めることを目的とする」

すらすらと暗誦して、尊は静かに藤田を見つめる。

「この条項を守る覚悟があって、おまえが好きな制服は市民の安心と信頼の象徴だってわかってるなら、いいと思う」

藤田はもう一度うつむいた。が、今度はすぐにその顔が上げられた。口元に笑みがある。

「ありがとう。ぼく、もう少しがんばってみる」

そして藤田ははにかんだ様子で朝陽のほうへと顔を向けた。

「日野くんにはいっつも助けてもらってて……ありがとう。でもきのう、考えたんだ。ぼく、日野くんに助けてもらえることを当てにしてたんじゃないかって。ぼく、これからはなるべくいろんなこと、自分でがんばるよ。日野くん優しいから、つい手を出したくなるかもしれないけど、でも、見ててほしい。ぼくは自分でしっかりと、いろんなこと考えて、自分で自分の責任をとれるようにならなきゃいけないから」

「お、俺も！」

藤田の言葉がうれしくて、はずんだ声が出た。

「俺も同じこと思ってた！　俺は藤田を手伝っていい気になってたんだ。でも……」

少し迷って言葉を切って、そしてやはりこれは大事なことだと思い直す。

「藤田も俺も、災害現場や事故現場で人を救助する側になる。そのためには周囲の状況を冷静に把握して、判断ができるようにならなきゃいけない。なのに俺は軽率に動いて、結局天羽に助けられた。俺には救助する側の気構えができていなかったんだ」

本当に心に刻まなければならない反省だと思う。

よし、と尊がうなずいた。

「とりあえず俺たちはまだまだ学んで鍛えられなければならないわけだが、その前に、今は朝食をとるべきだと思うが」

尊に言われて、朝陽はあわてて腕時計を見た。八時十五分。ＨＲまであと十五分だ。

「やば！　食堂閉まっちゃうんじゃないか？」

「ぼく、急いで着替えるよ！」

藤田がぱっと立ち上がってＴシャツを頭から抜いた。尊がトレーニングウェアを渡す。

「急ごう」

三人そろって藤田の部屋を飛び出した。

＊＊＊　4　＊＊＊

それからは藤田と尊、朝陽の三人で一緒にいることが多くなった。これまで藤田と一緒だった夕食から消灯までの自由時間に尊が加わって、一緒にトレーニングをしたり、自習室で勉強したりする。

ある日のこと、三人でその日の課題を片付けているところに、

「成績不振者に優しくしてやって点数稼ぎか」

やってきたのは花岡だった。

「え、ぼく？　点数稼ぎなんかしてないよ？」

とっさに藤田がそう反応して、花岡はむっとした顔になった。

「おまえは優しくされてるほうだろうが」

「じゃあ俺のことか」

尊が顔を上げる。

「卒業生代表、狙ってるんだろ」

「代表になると配属後の出世もちがうらしいな」

他人事のように尊が応じる。

「だからそれを狙ってるんだろ」

「出世に有利になるのは魅力だが、できるだけ長く現場で勤めたいからな。あまり早く管理部門に行くつもりはない」

花岡がムキになっても尊は淡々としていた。管理部門というのは個人の意思で行けたり行けなかったりするものなのかと、横で朝陽は感心してしまう。

「しかし、代表は期末の学科と、柔剣道、拳銃、逮捕術、そのほかの実技検定や大会での成績が総合的に考慮されるだろう。もちろん普段の素行が悪ければマイナスだろうが、逆に素行がよいからといってそこまで有利になるものではないと思うが」

「負けないからな」

花岡が胸を張って宣言する。

「えっと」

藤田が小首をかしげた。

「それはぼくの勉強、これから花岡くんが見てくれるってこと?」

ぷ、と朝陽は小さく吹き出してしまい、花岡ににらまれた。

「おまえの面倒は班活動の時だけで十分だ！」

大声を出した花岡に、「ここは自習室だ」と尊が冷静に指摘する。

「話があるなら談話室に移るか」

「誰も話なんかねえよ！」

ついにキレた花岡がさらに大声を出し、周囲からも「しー！」と注意された。花岡は憤然と踵（きびす）を返してドアに突進していく。

「でも、すごいねえ、花岡くんも天羽（あもう）くんも」

声をひそめて藤田がにこにこする。

「ぼくなんか卒業もあやういのに、卒業生代表を目指してるなんて……すごくカッコいいよ」

「俺は別に代表は目指してないぞ」

少し意外そうに尊が首を横に振った。

「俺は市民に安心を与え、これなら頼れる、まかせられると感じてもらえる、そんな警官になるのが目標だからな」

「それもカッコいいねえ。ぼくもなりたいな、そんな警察官」

「そのために今ここで、藤田も学んでるんだろう。まだ卒業まで二ヶ月ある。まだまだがんばれるぞ」

「そうだね！」

藤田が前向きになってくれたのが、朝陽にはなによりだった。これも尊のおかげだが、それを言っても「俺は当たり前のことしか言ってない」と返されそうな気がした。頰がゆるみそうになるのをこらえる。

（それにしても）

あの行方不明事件で出会った刑事や警察官に憧れて、自分も警察官になりたいと思うように

なった自分と、警察は頼りにならない、ならば自分が頼れる警察官になってやると思って、こ

こに来た尊——同じものを見ていながら、まったく逆の動機をいだいたことに最初は違和感し

かなかったけれど。

（結局、目指してるものは同じなんだな）

朝陽は市民の役に立ちたい、人を助けたい、人に安心感を与える存在になりたいという思い

で警察官を志望した。最初の動機はちがうが目指すゴールは同じなんだとうれしくなる。

（藤田のことも、ダメなやつって切り捨てるんじゃなくて、ちゃんと同じ仲間だと思ってくれ

たんだよな）

この三ヶ月半、優秀な自分は難なくこなせたことでも藤田は大変だっただろうと尊が言いだ

した時にはぎょっとしたが、藤田の努力やがんばりをきちんと評価してくれたのはうれしい。

ものの言い方やドライな考え方はちょっと独特だが、でも、いいやつだ。

「……なんだ。人の顔見てにやにやと」

尊が眉をひそめている。

はっとした。

いつの間にか藤田と分かれて、自室の前まで来ていた。そこで尊の顔を見て「いいやつだ」とうれしくなっていたのがそのまま顔に出てしまっていたらしい。

「あ、いや……」

あわてて口元を引き締める。

「なあ、今度の日曜、俺の家に来ないか？」

尊が無言で目を丸くする。なにを言ってるんだという顔だ。そこで、はっと思いついた。

「いや……ほら、親に警察学校で天羽とまた一緒になったって言ったら驚いてさ。うちの親もなつかしがってるから」

「おばさんはお元気か。確か妹さんもいたな」

「元気元気！　晴菜も元気だよ。もう口の達者な高校生だよ」

「高校生か、早いものだ」

「天羽、引っ越してから来てなかっただろ。そうだ。小学校の時の友達もまだたくさん地元に残ってるから、天羽がよかったらみんなにも声かけるよ。久しぶりに会いたくない？」

誘いの言葉が次々に口から出てくる。

言いながら、朝陽は自分の言葉に納得する思いだった。

朝陽の親も小学校の時の同級生が警察学校でもふたたび同級生となっている偶然と縁を喜ん

でいる。成長した尊の姿を見たら驚くだろう。それに、当時の級友たちに会うのは尊にとってもいいことなんじゃないだろうか。

「いや……」

しかし、尊の首は小さく横に振れた。

「年賀状のやりとりさえしていなかった。もう十年も会ってないんだ。誰も喜ばないだろう」

「だ……誰も喜ばないって……そんなことないよ！　成人式でも天羽もいたらよかったのにってみんな言ってたし。顔見たら絶対喜ぶって」

「いや、でも……」

尊にしては珍しい。むずかしい顔で、言いかけて黙り込む。

「……もしかしたら……天羽は、いやなのか？　昔の友達に会いたくない、とか？」

喜べないのは地元の友人たちのほうではなく、尊のほうではないのか。

そんなことを面と向かって聞いてもいいのかどうか、わからない。恐る恐る、朝陽は尊の顔をうかがった。

「…………」

尊は「そうだ」とも言わなかったが、「ちがう」とも言わなかった。

そこで朝陽には、あ、と思い当たることがあった。

「まさか……天羽が転校していったのも、富士見（ふじみ）小にいたくなかったから……？」

そうだと言われたらどうしよう、どんな顔をすればいいんだろう。聞いてしまってから、聞いたことを後悔した。が、ちょうどその時、消灯五分前を知らせるチャイムが鳴った。消灯前の点呼のために、それまで室内にいた者も出てくる。

寮監の学生が端から順に歩いてきた。朝陽も尊も気をつけの姿勢でチェックを受ける。

この点呼が終わったら、学生はすぐに自室に入り、消灯だ。もう話す時間はない。が、

「少し、考えさせてくれ」

寮監が去り、部屋に入ろうとしたところで、尊の声が届いた。

「え？」

振り返ったところで、尊の部屋のドアがぱたんと閉じた。

その夜、朝陽はなかなか寝つけなかった。

警察学校の毎日はいそがしい。体力も気力も相当に削がれる。ベッドに入れば即寝落ちと決まっていたが、尊のことを考えて眠れなかったのだ。

流星が行方不明になったのは班長の自分の落ち度だと自分を責めていたという尊。

『おまえと里崎は、仲がよかったから……おまえは俺を恨んでいるのかと、思っていた』

そう尊に言われたのを思い出す。

（恨んでるわけなんかないのに……）

もしかしたら尊は、当時の同級生みんなが「あれは天羽のせい」と考えているとでも思っているのだろうか。

（まさか転校の理由もそのせいとかじゃないよな？）

みんなに責められているように感じて、そのせいで転校していったのだとしたら……それはあまりにせつない。そしてそのせいで、尊が昔の友達に会うのを避けたいのだとしたら……。

（みんな、絶対そんなこと思ってないって、どうやったら天羽にわかってもらえるだろう）

やはり日曜日、一緒に帰るのが一番いいような気がする。が、尊は考えさせてくれと言う。

（あんまりせっつくのもよくないよな）

とはいえ、土日の外出には金曜日までに届け出が必要だ。届けが出してあっても、班や教場のメンバーに落ち度があれば「休みだが外出禁止」となってしまう。理不尽だ。理不尽だが、それは個人の自由が組織の都合でかんたんに奪われることに慣れさせるためだと尊は言う。

ある時、いきなり金曜日になって土日の外出禁止が告げられたことがある。点検教練で手帳を取り落とした生徒がいて、そのペナルティだった。当然、教官がいなくなったとたん、不満の声があがった。その時、尊は、

「これは教官からの理不尽ないじめではない。警察官として勤務するようになれば、命令一つで休暇が飛ぶ。そういうことを受け入れられない者はさっさとやめていけということだ」

と言い放ち、教場を凍らせた。

だが、理不尽と思える処置にそれなりの理由があれば、人はそれを受け入れやすくなる。

突然の外出禁止やグラウンド十周といったペナルティが課された時に、ほかの教場の学生たちより南部（なんぶ）教場の学生たちの表情が明るく、動きがきびきびしていると褒められたことがあるが、それはひとえに指示の裏の意味を説く尊が教場の総代になっているおかげだろう。

その尊が、

「あさって、ご迷惑じゃないなら、お邪魔していいか。急な話になって申し訳ないが、富士見小の同級生たちに会うという話も……進めてもらえるか」

と言ってきたのは金曜の朝食後だった。

「迷惑なんて全然！　うちは大歓迎だよ！　それにみんなに声かけるのも、みんな俺が携帯自由に使えないのわかってるから。急な話でも大丈夫、乗ってくれるよ」

朝陽は何度もうなずいた。

警察学校では月曜の朝から金曜の夜まで携帯電話は教官が管理する。緊急の連絡は学校経由だ。最初はネットが使えないことも、友人や家族と好きな時に連絡がとれないことも、手を縛られているような不自由感をおぼえていたが、今ではすっかり慣れた。

日曜日、朝陽は尊と一緒に学校を出た。制服姿を見慣れた目に私服がまぶしい。

尊は襟に切り替えのある濃紺のポロシャツにテーパードパンツという無難な組み合わせだっ

たが、長身で体格がいいせいか、それともイケメンはなにを着ても似合ってしまうのか、すれちがう人のうち三人に一人ははっとした顔で振り返った。朝陽もいちいち尊を見るたび、どきんとしてしまい、やはり制服とはちがうなと当たり前のことを何度も思った。

朝陽のほうはジーンズに黒のタンクトップ、その上にチェックの半袖シャツを着ていたが、尊にくらべると大学生のようで、もう少し落ち着いた格好にすればよかったと後悔した。

まず最初は自宅に尊とともに帰った。昼食を食べていってもらう予定だった。

「まあまあ、天羽くん⁉　まあー！　大きくなって！　見違えちゃったわ！」

朝陽の母は手放しで喜んだ。

「ご無沙汰(ぶさた)しております」

尊は礼儀正しく礼をする。

「んもう！　いいのいいの、気楽にして！　さあ上がって上がって！」

母がテンション高く迎えれば、

「うっそ！　すっごいカッコいい！」

妹の晴菜も目を丸くして、両手で口を押さえる。

「おにいちゃんと友達ってホントですか？」

「晴菜ちゃん？　最後に会ったのは幼稚園だったよね、大きくなったね」

靴を脱いで上がり框(かまち)に上がった尊が軽く目を見張る。

「そうだよ。おまえ、遊んでもらったの、おぼえてない？」

「ウソー全然おぼえてない」

残念そうに言う晴菜に、

「プリチェアの絵本を見せてくれたよ？」

尊は口元に笑みを浮かべた。「ええ、本当？」と晴菜が浮かれた声を出す。

なんてこともない会話だった。なのにその時、朝陽は胸の内側にもやもやしたものが湧いてくる、いやな感覚をおぼえた。

あの駅前清掃の時に小学生に見せていた、ほんわり優しい笑顔といっそ甘いほどの声とはちがうが、それでも、学校ではついぞ見せたことのない微笑と愛想のいい声。それを自分の妹に向けられているのがいやなのか、妹がイケメン相手に浮かれた声を出すのがいやなのか。

なにがそんなに心を引っ掻くのか、喉元にまでいやな苦みが上がってくる。

その苦みにはおぼえがあった。初めて尊の優しい笑顔を見た時にも、確か同じような苦みをおぼえた。優秀な尊へのやっかみなのかと、その時には思ったが……。

（ちがう。これ……やきもちなんじゃ……）

晴菜が「おぼえてないの、残念～」とはしゃぐ。胸のもやもやがさらに強くなる。

まちがいない。これは尊が自分ではない相手に笑みを向けるのがいやなせい……。

（え、まさか俺……天羽のことが……）

気づいた自分の心に動揺して、朝陽は固まった。まさかまさか——。

「ちょっと、どうしたの」

母親に後ろから声をかけられてはっとした。食堂兼居間のドアのところで立ち止まってしまっていた。ごめん、とあわてて部屋のなかへと進むと、

「お昼、サンドイッチにしたの。運んでくれる？」

すぐに母親に頼まれた。

「晴菜、アイスティー、冷蔵庫にあるからグラスについでちょうだい」

「はーい」

母と妹は相変わらずにぎやかだった。こんなところで深く考え込んでいるわけにはいかない。揺れる心の奥は見ないことにして、朝陽は「これ全部運んでいいの」と声を張った。

(とりあえず、置いとこう。封印だ)

にぎやかでなごやかな食事になった。母の手作りのサンドイッチに舌鼓を打ち、食後は尊が手土産にと駅前で買ったシューアイスをいただき、あれこれしゃべっているあいだに二時になった。二時半に小学校正門前に同級生たちと集まる約束だ。

「美味(おい)しいサンドイッチでした。ごちそうさまでした」

「またいつでも遊びに来てね。学校、大変だと思うけど、がんばって」

「はい、ありがとうございます」

朝陽の家を出て、歩いて十分の小学校を目指す。

「……なつかしいな……」

尊が周囲を見回してつぶやく。尊のかつての家とは方向がちがうが、同じ学区内だ。見おぼえのある風景なのだろう。

その横顔を見ていると、また胸がざわめいてくる。だが今度はそこに不快なものはない。甘酸っぱくて、どこか陶酔をはらんだ動揺は「ざわめき」ではなく「ときめき」と呼ぶのが正しいような気がした。

（やめろ。考えるな）

朝陽は気づいたばかりの本心をぎゅっと押し込めて目をそらした。頭を切り替える。

「——久しぶりだろ。少し時間あるから、おまえが住んでたマンションに寄っていこうか」

あえて明るく切り出した朝陽の提案に尊はすぐに首を横に振った。

「いや、みんなを待たせたら悪い。早めに行こう」

おかげで正門前には一番に着いた。夏休みがもう始まっているが、部活の練習か、正門すぐの体育館からは子供たちの甲高い声が響いてくる。奥にある校舎の職員室の窓にも動くものが見えた。

「変わんないなー」

正門から見える植え込みも体育館も校舎も渡り廊下も、昔のままだ。ずっと同じ学区に住んでいる朝陽は時々母校の横を通ることがあるが、尊は転校以来のはずだ。

「本当に変わらないな」

しみじみつぶやいて、目を細め、周囲を見回している。

思い出にひたっているのか。せっかくの時間を邪魔しないように朝陽はあえて口をつぐんでいた。油断するとその横顔を見つめてしまいそうになるので、視線はわざとはずしてだ。

そうこうするうちに元級友たちが集まってきた。急な誘いだったが五、六人いる。

尊以外は中学も同じで、高校で別だったものの、地元の盆踊りや成人式で何度も顔を合わせているメンバーだ。あの遠足で同じ班だった朱里（あかり）とさくらも顔を見せた。

「え、天羽⁉　マジ？」

素（す）っ頓狂（とんきょう）な声をあげたのは海斗（かいと）だ。

「でかくなってんじゃん！」

「きゃーやだーイケメーン！」

朱里がはしゃいだ声をあげた。

「やっぱくない？　天羽くんだよね？　どしたのーすごいカッコよくなっちゃって！」

さくらも目を丸くしている。

尊は十年ぶりの元級友のストレートな賛辞に少したじろいだようだったが、ぎこちなく、

「久しぶり」

と、口元に笑みを浮かべた。

（天羽、やっぱり……）

さきほど、母親や晴菜に見せた笑みにくらべると、昔の級友たちに見せる笑顔は硬い。やはり尊は同級生たちになにか複雑な思いをいだいているのかと、朝陽は一人で気を揉んだ。

昔の友達に会うのは尊にはいいことだと思ったのだけれど……。

「んきゃーやばー！　今日来てよかったあ」

朱里のセリフに、海斗が、

「なんだよ。俺らにも会えたんだから、そっちも喜べよ」

と絡む。だがそれも、

「なんでよ。こないだもコンビニで会ったじゃん」

「普段会えるフツメンより、レアなイケメンのほうがいいに決まってるでしょ」

朱里とさくらの二人から、遠慮のない反撃をくらう。

その場でしばらく、尊のイケメンぶりや、朝陽と警察学校で一緒になった偶然について騒いだあと、車で来ていた海斗と宏樹の運転で店に移ることになった。海斗が学生時代にバイトをしていた居酒屋が特別に場所を提供してくれるという。

店に着き、テーブルをくっつけて、ソフトドリンクで乾杯した。

しばらくはにぎやかに近況報告で盛り上がり、ふと会話が切れたところで、

「ここに流星もいたらなあ」

と宏樹がぽつりとつぶやいた。

照明を一段ふっと落としたように、場の雰囲気が暗くなる。

いつものことだった。同級生同士が集まって楽しく過ごしている時に、誰かが流星の名を出し、沈んだ空気になるのは。流星の行方不明事件は同じ班で行動していた自分たちだけではなく、クラス全員の心に傷となり重しとなって残っているように朝陽には思える。

朝陽はそっと尊の表情をうかがった。尊は硬い表情でうつむいている。誰もおまえを責めていない、みんなおまえの味方なんだぞ……。

「どこに行っちゃったのかなあ」

さくらがつぶやく。

「『行っちゃった』んじゃないと思うなあ」

沈んだ表情で控えめに反論したのは海斗だ。

「流星は自分の意思でどっかに『行った』んじゃないだろ……流星、学校好きだったし。俺、流星はやっぱりさらわれたんだと思う」

「わたしもそう思う」

自分の意思で消えたのか、それとも誰かに連れ去られたのか。そのことは仲間内でもう何度も話題になっている。小学六年生がお金も持たずに、それも繁華街ならばともかく、遠足で行った山中で家出を決行するとは考えにくい。警察も連れ去りだろうと見ているが、朝陽たちも同意見だ。

「……また、会えるかな、流星」

みんなの顔に暗さだけではなく、痛みが宿る。朝陽もそのことを考えるといつも、胸が絞めつけられる心地になる。――もう二度と流星には会えないのではないか。もしかしたらもう、流星はこの世にはいないのではないか……その可能性は決して低くないことを思うと、真っ黒な波にも似た恐怖に心が呑み込まれるような気持ちになる。

中学ぐらいまではいつかもう一度流星に会えると思っていた。きっと見つかると。

しかし、高校生になり、大学生になると、その可能性はほとんどないことがわかってきた。

赤ん坊やもっと小さな子なら、さらって自分の子として育てるという可能性もあるが、もう流星は十二歳だった。やんちゃで活発な男子だ。「育てる」のは無理がある。ただ、「監禁」なら話は別だ。変質者にさらわれてどこかに閉じ込められ、性的な被害を受けている可能性は想像したくもなかったが、低くはない。だが、もっとも可能性が高いのは、連れ去られたあと、もてあまされて、あるいは性的に暴行されて殺害されているというケースだ。

どんな形でもいい、生きていてほしいと朝陽は願っているが、月日が流れれば流れるだけ、流星が無事でいてくれる可能性は低くなっていく。

みんなもそれはわかっていて、もう無邪気に再会を信じている者は一人もいない。

「――すまなかった」

怯(おび)えと悲しさ、暗い予感に黙り込む輪の中に、ぽつりと声が落ちた。尊だ。

みんながいっせいに、「なにが？」と視線を尊に向ける。

「俺が班長としてもっとしっかりしていれば……里崎がはぐれることはなかった。それにあの時、日野(ひの)の言うように、すぐにもっと周囲を探していれば……」

「天羽」

朝陽は強い声で尊を呼んだ。

「班長って言ったって小学生だ。便宜的にリーダーが決められてるだけで、誰も本気で責任とらせようと思ってないよ。だいたい小学生になんの責任があるんだよ。それに、もしあの時、先生に報告せずに子供だけで周囲を探していたら第二、第三の行方不明者が出てたかもしれないぞ」

「うん」

朱里がすぐにうなずいた。

「日野の言う通りだよ。そんなの、天羽くんに責任があるんなら、副班長だったわたしにも責任あるよ。それに、日野と天羽くんの意見が分かれた時、先生に報告に行くか、その場で探すか、多数決とったよね。わたしもさくらも天羽くんに賛成したんだよ。天羽くん一人が決めたことじゃないよ」

「そうそう」

朱里の言葉にさくらもうなずく。

「そんなこと言ったら、流星、わたしたちのすぐ後ろ歩いてたんだから、いなくなったのはわたしと朱里の責任だよ。あの時、二人でしゃべらずに流星も一緒に三人で歩いてたら、流星、いなくならずにすんだかもしれないのに」

「それを言えば俺だよ。それまで流星と歩いてたのに、その時俺が先頭に行ってたから……」

三人がかわるがわる「天羽のせいじゃない」と言うのを、尊はわずかに目を見開いて聞いていた。これまで流星の行方不明は自分の責任だと思い込んでいたのだろう。みんなにも責任があるなんて考えもしていなかったと、その顔に書いてある。

「腹立つよなあ」

海斗が本当にいらだったようにおしぼりでテーブルを叩(たた)いた。

「俺らはさあ、こんなに流星のことが心配で、会いたいってなってて、おまえらなんか、流星がいなくなったのは自分のせいだって、しんどい思いしてるってのに……世間のやつらは流星はいじめられてたとか言うんだもんな。一人だけ置き去りにしたとか、川で溺れさせたとかさあ！　おまえらも俺らもそんなんするわけねーのに」

「そ、それ！」

勢い込んで朝陽は身を乗り出した。

「腹立つよな！　好き勝手なことばっか書き込んで！」

「『ツーボード』でしょ?」

朱里も憤然とした口調だ。

「わたしも朝陽からLINEで教えてもらって見にいったけど、めっちゃ腹立った！　事実ではない誹謗中傷ですって管理人に削除依頼出したよ。もう許せなくて」

そこまでしていたとは知らなかった。

「でもさ……世間のやつらの一部は今でもそう思ってんだろうな……あれはいじめだって」

宏樹が肩を落とす。

場が、怒りと、それを超えるやるせなさに包まれた。

人の口に戸は立てられないというが、人の頭のなかを交通整理するのはもっと無理だ。事実はこうだったといくら当事者が言い張っても、色眼鏡で歪んだ回路で処理されてしまっては正論は届かない。

「……ネットの書き込み、みんなも知ってたんだな」

ふたたび落ちた沈黙を破ったのは尊だった。

「みんなって……天羽も知ってたのか」

最初にひどい中傷を目にした時から気になっていた。尊はこれを見ていないだろうかと。のぞき込んだ尊の目に、暗い影が走った。

「中学生になって、ネットを使うようになってから見た」

朝陽が見たのは高校生になってからだ。事件からの年数もより浅く、見た時の年齢も低ければ、よりショックは大きかったのではないか。しかも小学生時代の友人たちとつきあいが続いていた朝陽はすぐに自分の腹立ちや傷ついた気持ちを当時の仲間とシェアできた。だが、尊は一人でそれを受け止めなければならなかったのだ。

「そうか……ショック、だったよな」

控え目に聞くと、尊は当時のことを思い出すように目を細めた。

「まあ……無責任でなんの根拠もない邪推と噂だとはわかっていても……気持ちのいいものではなかったな」

「俺もさあ、見つけた時はもうパソコンぶん投げたいほどムカついたわ」

海斗が憤然と言う。

「でも」

尊が続けた。その声にはかすかに笑いの気配があった。

「削除依頼という手は思いつかなかった。みんなも怒ってたんだな」

「そりゃ怒るよー。お金あったら弁護士雇って、誰が書き込んだのか特定して訴えてやりたい」

朱里が言い、宏樹が、

「それいいな！　みんなでカンパしてやろっか」

と身を乗り出す。いいないいないいなと盛り上がった。

あっという間に時間が過ぎた。朝陽と尊は夕食までに学校に戻らねばならない。

「またさ！」

お開きのタイミングで朱里がはずんだ声を出した。

「こうやってみんなで集まろうよ！　流星が帰ってきたら、流星も一緒にさ！　そんでバカなこと言ってるやつらのこと笑おう！」

「だよな」

「あ、次集まる時って、もう朝陽と天羽はおまわりさんなのか！」

「いや、一応もうちゃんと警察官だよ。給料ももらってるよ」

朝陽が説明すると、横で尊もうなずく。

「警察学校の学生ではあるが、警察官採用試験に合格していて階級は巡査だ」

おおお、と場がどよめく。「学校」という言葉がついているせいでよく誤解されるが、正確には「警察官訓練所」だと朝陽は思っている。

「じゃあ警察手帳も持ってるの？　見せてよ！」

「もうもらってるよ。でも学校に保管されてる」

そんなことをしゃべりながら、席を立って出口に向かう。

「ねえ、天羽くん、カノジョいるの？」

朱里が尊に尋ねるのが聞こえてきたのは、店から外へと階段を下りている時だった。

二人の先にいた朝陽はその声が耳に届いたとたん、ほかの物音が入らなくなった。

「いや」

尊の答えは早く、簡潔だ。

「つきあっている人はいない」

口調はしごくあっさりしていて、事実を事実のままに答えているように聞こえた。

よかったとうれしくなる自分がうとましい。どれほど考えまいとしても感情は素直だ。

「えーどうして。天羽くん、モテるでしょ」

さあ、尊が今度はどう答えるか。朝陽はさらに耳に神経を集中する。

「モテるというのが安易に表面的な好意を寄せられやすいという意味なら、その通りだ」

「あ、安易……」

朱里が鼻白んでいるのが伝わってくる。

(天羽らしい)

笑いそうになるのをこらえて、朝陽は階段の最後の一段を下りた。足がふわりと軽かった。

「じゃあな」

「うん、またね」

「おう、また集まろうぜ」

名残を惜しみつつ、手を振り合った。

朝陽と尊は駅まで海斗の車で送ってもらい、そこから電車とバスを乗り継いで学校に戻ることにした。

「きょうは」

二人でホームで電車を待っているところで、尊が口を切った。

朝陽に向けてくる瞳は心なしかおだやかだ。口元にも薄い笑みがある。

小学生に向けていたのとも、晴菜に向けられていたものともちがう柔らかさのある表情に、朝陽はなんだかくすぐったくなった。

「誘ってくれて、ありがとう」

ストレートな感謝の言葉は、こういうシチュエーションでは当たり前の社交辞令かもしれなかった。が、朝陽には、尊がマナーとしてその言葉を口にしているとは感じられなかった。

「あ、うん」

照れくさくて、朝陽は小さく笑ってみせた。

「天羽に楽しんでもらえたなら、よかったよ。みんなも天羽に会えて喜んでたし」

心からそう言うと、ああ、と尊は素直にうなずいた。

「楽しかった。それに、みんなに会えて……俺は一人でかかえ込みすぎてたんだとわかったよ」

電車がホームにすべり込んできた。ちょうど二人掛けの席があいていて、並んで座る。

「後藤（ごとう）や横井（よこい）まで……里崎がいなくなったのを自分のせいだと言うとは思わなかった。ネットの書き込みも……みんな、怒ってたんだな」

まさにそれをわかってほしくて、かつての同級生たちに会わせたかったのだ。

朝陽は自分の顔が自然にほころぶのを感じた。何度もうなずく。

「うん、うん、そうなんだ。みんな、同じなんだよ」

「………」

尊は無言だった。言葉がすぐに出なかったのかもしれない。

細められた目はうれしそうでもあり、大きな感謝が込められているようにも見えた。そんな目でじっと見つめられるものだから、腰のあたりが微妙にもぞもぞしてくる。

「……本当に、ありがとう」

しみじみと言われて、「いや、別に」と朝陽は照れた。

「そんなたいしたことしてないし」

「みんなに会えて、よかった」

小さくつぶやき、だがそこで、尊はふっと目を伏せた。窓の外に視線を投げる。その横顔がまた少し翳（かげ）りを帯びる。

「……引っ越したのは」

と話しだした。

「私立中学受験のためだった。真偽はわからないが、受験の願書を提出する時に出身小学校に

よって有利不利が変わるという噂がある。両親は高い合格率を出している小学校の学区内に、俺が五年の時にマンションを買ったんだ。合格後の通学も考えて」

私立中学受験で、教育水準の高い地域の小学校は有利に、逆は不利に働くことがあるというのは、朝陽も小耳に挟んだことがある。

「そっか……天羽、私学受験組だったんだ」

富士見小の卒業生はほとんどがそのまま地元の市立中学に上がる。尊が遠くの塾に通っているとか家庭教師をつけているという噂はあったが、当時はあまり気にしていなかった。

「ああ、中高は海皇だった」

海皇は県内でも有数の進学校だ。

「さすがだな。でも、合格するかどうかわからないうちにマンション買うってすごいな」

「まあ親の通勤にも便利なところで、父方の実家も近かったせいだと思うが」

なるほど。

「だが最初は、引っ越しは冬休みの予定だった。それが十一月になったのは……」

そこで言いにくそうに尊は口ごもった。

「……俺が、あまりにも里崎のことを気にしていたせいだ。俺がしっかりしていれば、里崎が行方不明になることはなかったのにとか、あの時、すぐに周囲を探せば見つかったかもしれないと同級生たちに責められているとか……そんなことばかり言っていたから、親は環境を変えるのが早いと判断したんだ」

すぐに周囲を探せば見つかったかもしれないと責めていた同級生。自分のことだ。

「……ごめん。あの頃は俺……」

改めて詫びかけると、いや、と尊にさえぎられた。

「もうあやまるな。俺は自分の責任を大きく考えすぎていたんだ。おまえにも恨まれていると決めつけて……。そっちがその気ならやり返してやると、よけいに意固地になってた。おまえだけじゃない、世間に対しても……」

やはりそうか。

小学校時代の尊と今の尊のちがいが不思議だった。もちろん、成長して大人になったゆえの変化もあるだろうが、そこに流星の行方不明事件が影を落としていたのだとすれば腑に落ちる。

「天羽……一人でしんどかったよな」

自然といたわる口調になった。尊は一瞬目を見開き、そして苦みの漂う笑みを浮かべた。

「——着校式の日は、なんでまた俺を恨んでるやつと一緒になるんだと思っていた」

苦笑まじりの告白に、「俺も」と朝陽はやはり苦笑いで返した。

「会いたくなかったなーって思ってたよ」

「でも今は」

尊の苦笑から苦みの部分が消えて、柔らかな笑みだけが残る。

「おまえと再会できて、おまえが俺の幼馴染み（おさななじ）でよかったと、心から思ってる」

深みのある、思いのこもった口調だった。

（俺の幼馴染み）

俺の、と付くだけでどうしてこんなに意味深な響きになるのだろう。心臓がドキドキと大きく脈打ち、顔が熱くなってくる。気のせいか尊の瞳も熱っぽく見えて、よけいに落ち着かない。

「ま、まあ、俺だけじゃないけどな！　朱里や海斗や……みんな幼馴染みなんだけどな！」

そこに特別な意味などないと自分にも言い聞かせたくて、朝陽はこくこくうなずきながらそう返した。

「…………」

なぜだか尊の眉間（みけん）がうっすらとくもった。

それがなぜなのか、どういうことなのか、気にはなったが、尋ねるのは怖かった。

「俺も、俺もおまえとまた会えて、こうして……いろいろ話せるようになって、本当によかったと思ってるよ。な、またみんなにも会いに行こうな！」

顔はおそらく赤くなっているだろう。それをごまかしたくて、朝陽ははしゃいだ声をあげ、尊の肩をパンと叩いた。

## ＊＊＊　5　＊＊＊

その日曜日をさかいに、尊との距離がぐっと近くなったように朝陽には感じられた。尊の朝陽に対する雰囲気も柔らかくなった。入学当初の「おまえは敵だ」と言わんばかりの眼差しと態度から思えば雲泥の差だ。

（それでいいだろ）

今の態度と関係に不満はもちろんない。しかし……。

妹と尊が話している時に感じた胸のもやもやといやな苦み――あれは嫉妬だった。なぜ嫉妬するのかといえば、それは尊が好きだからだ。

尊に自分だけを見てほしいし、自分にだけ特別な顔を見せてほしいのは友情ではない。恋だ。いつからだろう。

後悔にも似た思いとともに、朝陽は思い返す。

再会してからはずっと苦手な相手だと思っていたし、反感のほうが強かった。けれど、その底にはかつての友達への親近感もあった。そして谷口からどれだけ尊も苦しんでいたか聞かされ、その胸の内を思うようになって……。

しかしそれはまだ、恋ではなかった。決定的に針が振れたのは——あの駅前清掃の時の笑顔だろう。

(一目惚れ……じゃないけど、同じなんじゃないか)

それまでは特別に意識していなかった相手が特別になる瞬間。まったくの初対面ではなくても、ずっと昔からの知り合いでも、そういう瞬間があるのだと朝陽は初めて知った。

(友達で、同性なのに)

溜息が出るのはそこだ。

これまでいい雰囲気になった相手は何人かいたが、みんな女性だった。好きだと意識したのも異性ばかりだ。なのになぜ、とは思うが、「好き」という感情はどうしようもない。

(せめて、バレないようにしないと)

周囲にはもちろんだが、本人にも気づかれないようにしなければと朝陽は気持ちを引き締める。せっかく尊ともう一度いい友達になれたのだ。今の関係を壊したくない。

そのためにもこの気持ちは押し殺していかなければ。

朝陽はひそかにそう自分に言い聞かせた。それなのに——。

「今度の土曜日なんだが、なにか予定はあるか」

自習室から部屋へと戻る途中の廊下で、隣を歩いていた尊にそう尋ねられた。藤田とは途中で分かれたあとだ。

「特に……まあ、家に戻ろうかなってぐらい」

「NAFというロードサービスをおこなっている団体があるんだが、知っているか?」

「ああ、あのバッテリー上がったり、タイヤがパンクした時に駆けつけてくれる……」

朝陽自身は大学時代に免許はとったものの、まだ車は持っていないが、友人たちがそういうトラブルでNAFを呼ぶ現場に居合わせたことはある。

「NAFはロードサービス以外にも交通安全の啓蒙(けいもう)活動やドライブの楽しさを広げる活動もしている。その一環で首都高ドライブ講習会が今度の土曜日にあるんだが」

「へえ」

興味を惹(ひ)かれて朝陽は声をあげた。神奈川県警の警察官になれば都内の移動で首都高速道路を使うこともあるだろう。専門家の説明付きで少しでも経験が増やせるならありがたい。

「二名、申し込んである。もしよければ……」

よければ……のところで、尊は少し言いよどんだ。

「一緒に、どうだ」

うれしい。ぱっと胸に喜びが広がった。講習会もありがたいが、尊が誘ってくれたのがうれしい。

「うれしいけど……いいのか、俺で……」

　そんな講習会があると知れば、教場のみんなも行きたがるだろう。どうして自分を誘ってくれるのか。そもそも二名で申し込んだというのはどういうことだ。

「それ、三名でも……申し込めたりするのか？」

　誘えば藤田も喜ぶだろうに。恐る恐る尋ねると、尊は困ったように視線をうつろわせた。

「いや……もう申し込みは終わってる。……四名まで申し込めたんだが……その、二人のほうがいいかと……」

　とくとくと鼓動が速くなる。二人のほうがいい。たったそれだけの言葉なのに。

「……もしおまえも、俺と一緒でよければ……どうだ」

「あ、も、もちろん……うれしい。行くよ」

　声がうわずりそうになる。こくこくとうなずいてみせると、尊はほっとしたように口元をゆるめた。

「よかった。じゃあ、土曜日。……外出禁止にならなかったらな」

　最後の一言は冗談だったのかもしれないが、休みの自由が平気で奪われる警察学校ではシャレにならない。

「あ、ああ、外出禁止にならなかったら……」

　それから土曜日までの数日、朝陽は自分でもおかしいほど、その約束が楽しみだった。

　二回目の二人での外出は二人とも前回と同じような服装だった。

電車とバスを乗り継いでNAFのビルに行く。道々、いろいろ話をした。

「そういえば、天羽(あもう)、NAFの会員なんだよな？　車持ってるの？」

「ああ。大学時代から同じ車に乗っている」

「そうかあ、いいなあ。俺、免許はあるけど、時々父親の車を使わせてもらうぐらいだから」

そう言うと、尊はこほんと咳払(せきばら)いした。

「……じゃあ、今度はドライブでも行くか。車を出す」

今日の誘いもうれしかったが、ドライブを提案されて、また心拍がととと、と速くなった。期待しそうになる。

「それは……うれしいけど。でも、いいのか、その……俺ばっか誘ってて……」

いい、と尊は真顔でうなずいた。

「俺は日野(ひの)と出掛けたい」

ストレートなセリフに、身体がかっと熱くなる。——いやちがう。深い意味があるわけじゃないと自分に言い聞かせる。尊が誘ってくれるのは幼馴染みで同級生だから。だからだ。

「俺は……俺も、うれしいけど」

控え目に、自然に聞こえるように応えた。と、

「日野は……その……そういう……相手はいないのか」

と微妙な質問がきた。そういう相手。濁された言い方が気になる。

「そういう相手って……カノジョ、とか……？」

いい雰囲気になりかけた相手は学生時代に何人かいた。しかしはっきりと「恋人」と言える関係になった相手はいない。自分が悪いのだ。恋愛において、「ここで二人の関係性が一段上がる」というところに直面すると、朝陽は照れくさくて恥ずかしくて、茶化さずにいられなくなる。そしていつも、相手の目に傷ついたような色が浮かぶのを見ては後悔する。本気かわからないと言われたこともあった。

「今はいないけど……」

ぼそぼそと答えると、「本当か？」と聞き返された。

「後藤（ごとう）や横井（よこい）とは……なんでもないのか」

朱里（あかり）とさくらの名を出されて目が丸くなった。

「え、なんであの二人？」

「いや、よく会うのかと……」

「まあ海斗（かいと）たちと会う時は一緒になるけど、そんな一対一とか、ないよ」

そうかとうなずく尊は、心なしかほっとしたように見える。

「天羽はどうなんだよ」

先日、朱里相手に「いない」と言っているのを聞いたが、やはり確かめずにいられない。

「つきあってる相手、いないのか」

「ああ、そういう相手はいたことがないな」

こともなげに返された。

「え……いたことがないって……一度も!?」

自分のことは棚に上げて驚いた。尊はむっとしたようだった。

「そんなに変か。ああいうのは互いの気持ちがあって成り立つ関係だろう。気持ちがないのに無理にそういうつきあいをする必要はないと思うが」

「それは……これまで誰も好きになったことがないってこと?」

まさかと思いつつ確かめる。もしそうなら驚きだ。

「天羽ならもてるだろうに」

ついそう言い足すと、尊はやはり不機嫌そうに眉をひそめた。

「ならおまえは、おまえの顔や成績でおまえを好ましく思う相手を信じられるのか。この相手は本当に自分のことを好きなんだと思えるのか」

「それは……」

正面から切り返されて、朝陽はたじろぐ。それは尊ほどの好条件を備えていればこその悩みだろうけれど。

「好意を持たれるのが顔や成績のせいって決めつけるのは、どうかと思う……」

「俺は小学校の時、学年で一番背が低かった」

尊が続ける。

「そう言うと、ほとんどの人間は驚く。今のイメージが強いからだ。じゃあもし、俺の身長がやはり同年代のなかで低いほうだったら？　大学がちがったら？」

「いや……でも……」

尊の言うことはわかる。わかるが、それはあまりに純粋で硬い考え方だと言おうとしたところで、「もし」と尊が続けた。その瞳に翳（かげ）りが宿る。

「俺が同級生を行方不明にしたことを知ったら？」

（あ）

口を開いたが声は出なかった。

尊がずっとかかえていた自責の念がどれほど大きく重いものだったか、世の中に対して尊がどれほど距離を置いて生きてきたか、改めて突きつけられた思いだった。

「…………」

なにも言えないまま、朝陽は小刻みに首を横に振った。それはつらい、あまりにつらい。

ふっと尊の口元に笑みが浮かんだ。皮肉でもあり、苦しげでもある笑みだ。

「そんなことを考えているうちに……つまりは『そういう相手がいたことがない』状態になってしまったわけだ。最初から、全部、知ってくれている相手がいればと思っていたが……」

「あ、だから……」

なぜ幼馴染みにあれだけこだわっていたのか、すとんと納得できた。朱里とさくらとは特別に会っていないと伝えた時に尊がほっとしたように見えた理由も。

（あれは俺のことを気にしたんじゃなくて……）

尊の子供の頃のことも、流星のことも全部知っている異性。それこそ尊が待っていた相手なのだと思うと、胸がずんと重くなった。涙は出ないが、泣きたいようなせつなさが込み上げてくる。

ダメだ、ここで黙り込んだら変に思われる。

「ま、まあ」

重苦しいせつなさは押し殺して、朝陽は無理に笑顔を作った。

「お互い、いい相手が早くできるといいな。……あ、次の駅、降りるところだよな」

ごまかすわけではなかったが、もうこの話を続けたくなかった。

尊はなにか言いたげに口を開きかけ、結局、「そうだな、次だな」とうなずいた。

ＮＡＦの講習は座学も面白かった。

警察はもちろん交通違反を取り締まっているが、ＮＡＦはそういう道路交通法とは別の視点で道路の使われ方やわかりにくい標識や表示、どこの箇所でどういう動きをする車両が多いのか、チェックしながらパトロールをしていると知って驚いた。

ついで、首都高速道路のルートと主要な出入口の説明を受け、実際にマイクロバスに分乗し、一時間ほど、実際に高速を見学した。

実地見学のあとはもう一度ビルに戻っての質疑応答の時間がもうけられていた。

三階の会場までエレベーターもあったが混雑を避けて階段を使う者もあり、朝陽たちも階段へと足を向けた。

その途中、二階から三階へと踊り場を回ったところで、突然、

「すみません」

と、尊が数段、階段を駆け上がった。前にいた若い女性と、その後ろにいた中年男性が振り返る。朝陽はなにごとかと目を見張った。

「あなた今、この女性のスカートの中、盗撮してませんでしたか」

「は、はあ？　なに言ってんだ」

男性が明らかにうろたえる。

「すみません、こちらの男性、お知り合いですか」

尊は今度は女性のほうに声をかけた。女性が「とんでもない」というように首を横に振る。

「この人、さっきからずっとやたらとくっついてきて、困ってたんです」

「なに言ってんだ！　自意識過剰だろう！　とろとろしてるから追いついただけだ！」

男が大声を出し、周囲にいた数人の講習者が振り返った。

「いえ、こちらの方の自意識過剰ではないと思います。わたしも見ていましたが、あなたの近づき方は不自然でした。それにカバンの中に、カメラか、スマホか、仕込んであるでしょう」

「な、なんだ、あんた！　なにを証拠に……」

そこに、

「どうしました」

と、ＮＡＦの警備員が駆けつけてきた。

「痴漢と盗撮の疑いがあります」

尊が告げたとたんだった。男はくるりと踵を返すと、下へと逃げようとした。

「待ってください！」

数段下から様子を見ていた朝陽はとっさに男の腕を摑んだ。

「なにもないなら、事務所、行きましょう。そこでお話、ゆっくり聞かせてください」

「お、俺は急ぐんだ！　なんだ、おまえら、偉そうに……」

「非番ですが、警察官です」

上から降りてきた尊が名乗る。男は急に脱力した。

「警官……」

「事務所、行きましょう」

両側から朝陽と尊に腕を摑まれ、男は完全にあきらめたようだった。警備員と女性とともに事務室に行く。そこで警察学校の学生であることを告げ、一一〇番してもらった。

すぐに最寄り(もよ)の署から飛んできた警察官に事情を説明し、一緒にチェックしたカバンのなかには尊の指摘通り、小型カメラが仕込まれてあった。

「じゃあ署のほうでなにを撮ってたか、確かめさせてもらいますからね。盗撮の疑いで任意同行、いいですね」

すっかり観念した男はしょんぼりと警察官二人に連れられていき、女性からは「ありがとうございました」と礼を言われた。

いいことをしたはずなのに、

「すまなかったな」

事務室から出たところで、朝陽は尊にあやまられた。

「せっかくの……。いや、騒ぎにしてしまって」

朝陽は無言で首を横に振った。

尊が男に声をかけた時にも驚いたが、尊が指摘したように男のカバンからカメラが出てきた時にはさらに驚いた。それからずっと朝陽の胸はもやもやしたままだ。――尊はすごい。本当に。知っていたはずの尊の優秀さを目の当たりにして、すぐに言葉が出ない。

「……あやまる……ことないよ……」

やっとその一言を押し出した。

「天羽、すごいよ。俺……あの女性がつきまとわれてるなんて、全然気づかなかった」

講習に夢中で、周囲の様子にまったく注意を払っていなかった。すぐそこで迷惑行為がおこなわれていたというのに……。

「日野は……人を疑うのが苦手なんだろう」

尊の口調には同情めいた響きがある。

朝陽はここのところ立て続けに、実習形式の職務質問の授業で失敗していた。先日も、市民役の助教官が夜間住宅街の道を歩いているという設定の実習でポカをやった。助教官が無実の市民なのか、麻薬常習者なのか、犯罪のあとなのか、生徒には知らされていない。声をかけて不審な点はないか見極めねばならないのに、朝陽は窃盗の証拠を掴みそこねた。

頭では、職務質問をかけた相手がなにか怪しい動きをしないか、不審なところはないか、細かなところまで見逃さないよう注意しなければならないとわかっている。しかし、ロールプレイング形式で市民役の教官に愛想よく言葉を返されると、ついつい小さな動きを見落としてしまうのだ。

警察官は市民を守り、助けると同時に、その市民のなかにいる犯罪者に気づかねばならない。

「人を見たら泥棒と思えってことわざがあるけど……俺……苦手かも」

溜息が出る。

「……俺、警察官の素質ないのかな……」

つい弱音を吐いてしまう。

尊が足を止めた。

「俺は日野に素質がないとは思わない。日野は注意力が散漫なわけじゃない。人を疑うことが苦手なのは意識の持ち方で変えられるんじゃないか」

「意識の持ち方……」

「日野は安心感を持ってもらえる、市民を助けられる存在になりたいんだろう?」

その通りだ。尊の目はおだやかで、まっすぐ朝陽を見つめてくる。

「たぶん、日野はその意識が強すぎるんだ。けど俺は、人を疑うことで、人を守れることもあると思う。疑うのは悪いことじゃない」

「疑うことで、守れる……」

ああ、と尊がうなずく。

「職質の精神はそれだろう。怪しい者に声をかける。そうすることで大きな犯罪を未然に防げる。それは街の安全を守ることにつながるが、同時に、犯罪者に大きな罪を犯させないことにもなる。小さな交通違反を取り締まるのも、大きな事故を防ぐためだというのと同じ理屈だ」

「なるほど……」

その視点はなかった。苦手意識ばかりが先に立っていた。

「あとは観察力だが、これは訓練で鍛えられる。やる気のある日野なら、大丈夫だ」

太鼓判を押してもらったようで、胸の奥が熱くなった。自分の短所も長所も意識の持ち方も、尊はちゃんと見ていてくれた――そう思うと胸の熱はどんどん大きくなるようだった。

「ありがと……ありがとな」

それ以上言うと声が震えそうで、朝陽は心からの感謝だけを口にした。


その次の土曜日も朝陽は尊と外出した。ドライブという話もあったが、ちょうど朝陽が観たかったアメコミ映画が封切られたところで、尊が「そっちにしよう」と言ってくれたのだ。

だがその翌日の日曜日は遊べなかった。警察学校短期過程の生徒たちは、駅前商店街でおこなわれる夏祭りの警備に駆り出されることになっていたからだ。振替休日がもらえるわけではないが、これも授業の一環だと言われれば生徒はしたがうしかない。

もともとは地元民だけの祭りだったが、地元ではメジャーなB級グルメが大会で優勝したこともあって、ここ数年、遠方からの参加者が増えていた。トラブルも多発するようになり、今年は商店街からの要望もあって、警察学校が人員を出すことになったのだった。

四月に警察学校に入校し、四ヶ月。訓練を受けた新米巡査たちには絶好の「実戦」の機会になるだろうというわけだ。

生徒たちには手錠、警棒、警察手帳はもちろん、防刃チョッキや無線機まで装備が命じられた。「警察官」としてそんなに大勢の市民の前に出るのは初めてで、朝陽をはじめとして南部教場全員が緊張しつつも浮かれているようだった。そのなかで尊だけはいつもと変わらず落ち着きはらい、冷静そうだったが。

夕方五時から始まる祭りに合わせ、警察学校の生徒たちは学校を出発した。テキヤが屋台の準備を始め、実行委員会がスピーカーや山車の準備に走り回るのを横目に、事前に指示された持ち場につく。

祭りは車両を通行止めにした駅前大通りが会場になる。歩道には屋台が並び、人は車道まで溢れてそぞろ歩く。が、山車が出る時には客に危険が及ばぬよう、ロープを張って規制するようにと指示されていた。

教場総代の尊は教場の生徒たちが全員、正しく持ち場についているか確認に回っていた。

「今日はいい勉強になると思う」

藤田と二人、持ち場の区域に三角コーンを並べているところで朝陽は尊に声をかけられた。

「楽しい祭りの気分に引きずられるな。怪しい動きをする者はいないか、迷惑行為を働く者はいないか、疑いの目でチェックしろ」

注意力と観察力を磨くのにいいチャンスだと言われる。

人を見たら泥棒と思え——それはやはり苦手だ。しかし尊の言う「疑うことで守れる」のも本当だと今では納得できている。

「ああ、がんばるよ」

うなずく朝陽の横で藤田も「うん。がんばる」とうなずいた。

通行止めになった車道にも歩道にも徐々に人が増え、準備をすませた屋台が店開きを始める。

朝陽はスリや喧嘩、置き引きなど、違法行為がないか、目を光らせつつ持ち場に立っていた。

山車が出る前にはロープを張って規制線をもうけねばならない。

「うわーん、おがあざあああん」

藤田と朝陽のすぐそばで子供が泣きだしたのは、そろそろ見物客たちに歩道に上がるよう、誘導し始めたタイミングだった。

不安と怖さが一気に噴き出したような泣き声に周囲の人が振り返る。三歳くらいの女の子だ。

「お嬢ちゃん、どうしたのかな」

朝陽はすぐにその子のもとに駆け寄って、膝をついた。

「うわああああん！」

制帽に制服が怖かったのか、さらに大きな声で泣かれてしまう。

「大丈夫、怖くないよー」

落ち着いた声をかけて、にっこりと笑ってみせる。

「おかあさん、いないの？」

　子供は泣きながらうなずいた。

「おと、おとうしゃんもぉぉぉ」

　どうやら両親とはぐれたらしい。

「そっか。じゃあ、おとうさんとおかあさん、探そうね。人がいっぱいだから、抱っこしてもいいかな。そのほうが探しやすいよ」

　こくりとうなずいてくれるのを待って、朝陽はよっこらせとその子をかかえ上げた。

「藤田、俺、この子を案内所に連れてって迷子アナウンスかけてもらってくる」

「了解！」

「よしよし、おとうさん、おかあさん、すぐに来てくれるからね」

　あやしつつ、案内所を目指した。もちろん、周囲から白い目を向けられることはない。

　警察官になってよかったとしみじみ思った。

　制服を脱げば朝陽は若い男性だ。私服で泣いている女の子を抱っこして歩けば、「おとうさんにしては若いけど、なに？」と不審の目で見られてしまう。「気をつけて家に帰りなさいよ」と初老の男性が小学生に声をかけただけで「事案発生」と地域に注意が飛ぶご時世だ。

が、制服を着ていれば、誰も「あれはなに」とは思わない。今なら、公園で放置されていた子を親のところへ連れていこうとしても「なにしてるの！」とは言われないだろうし、注意して反論されることもないだろう。

堂々と人助けできるのがうれしかった。

そうして迷子を案内所に届け、持ち場へと戻る途中、朝陽は歩道を歩く尊と行き合った。

「どうした」

短い問いかけだったが、なぜ持ち場を離れているのかと聞かれたのはすぐにわかった。

「今、迷子を案内所に届けてきた」

「そうか」

とうなずいて、尊が脇道へと目をやった。その顔の線がぴりっと締まる。

「……日野、一緒に来い」

「え？」

警察官は二人一組で行動するように言われている。が、朝陽が返事をするより早く、尊は脇道へと入っていった。あわてて朝陽もあとにつく。

ビルとビルのあいだの、車が一台、やっと通るかという細い道は、大通りに向かう人でそこそこ混み合っていた。

その人波と逆行して、自転車を押した男が歩いていく。

尊はその男の背にしっかりと目を据え、どんどん足を速める。

「天羽？」

「あの男、怪しい。俺たちを見て急に回れ右して、来た道を戻りだした」

「え、それだけで？」

来た道を引き返しただけで怪しいと疑うのはどうかと思ってしまう。忘れ物を思い出したということもあるだろうに。

「警官を見て方向転換は疑えと習ったろ。……走るぞ！」

男が急に道を横に曲がった。

同じように細い脇道に入った男を追って尊が走る。

仕方なく、朝陽も走った。細い路地を、男が自転車を必死に漕いで逃げていく。

数人の歩行者が狭い道で迷惑そうに端に寄る。

「すみません！　止まってください！」

尊がスピードを上げて追いかけながら前を行く男に声をかけるが、男は止まらない。

朝陽も尊も足は速いほうだが、いかんせん相手は自転車だ。引き離されそうになる。

「止まりなさい！」

尊の大声に男が肩越しに振り返る。同時に、細い道にせりだした建物の段差に自転車の前輪
が引っかかった。

自転車がバランスを崩して大きく傾き、男がおっとっとと足をつく。追いついた尊が、

「すみません‼」

と、男が乗る自転車の荷台を摑んだ。

「な、なんだよ」

振り返った男は着古して襟の伸びたTシャツに作業服のズボンという服装だった。年は五十代前半か、肌は浅黒くしなびた印象だが、筋肉質で身体つきは悪くない。少しぼさついた髪にも伸びかけたヒゲにも白いものが混ざっている。長年、肉体労働に従事してきたのではないかと思われた。

男は自転車を降り、不安と虚勢の入り混じった顔でこちらを見た。

なんだなんだと道行く人たちが振り返ったり足を止めたりする。

「お、俺がなんか悪いことしたってのか」

「急にお呼び止めしてすみません。すぐにすみますから、少しお話うかがってもよろしいですか」

それまでの強引な態度とは打って変わって、丁寧な口調で尊が話しかける。

「今、どこかにお出掛けでしたか」

「お、お出掛けって……おらぁ屋台やってっからよ。買いもんして、店に戻ろうとしてただけじゃねえか」

男が顎でさす自転車の前カゴには駅前にあるスーパーのロゴが入ったレジ袋が突っ込まれていた。

「なるほど、屋台に。なんの屋台です？」

「なんでんなこと答えなきゃなんねえんだ」

こちらが若手と見てか、男が肩をいからせ、ドスをきかせる。が、

「ウソをついていないか、あとで調べるためですよ」

尊はさらりと返す。

「ウソ……ウソぐらいで、おめぇ、逮捕はできねんだぞ！」

「失礼ですが、お名前とご住所をお願いします」

男はなおも反抗的に振る舞おうか、それとも素直に質問に答えるか、少し迷ったようだったが、「お名前とご住所を」と尊に再度、圧のある口調で問われて、

「……岩間（いわま）、岩間政男（まさお）。住所は千葉（ちば）県……」

しぶしぶ答えた。尊がさらさらと手帳に書き込む。

「なるほど。岩間さん。お名前を確認できるものはお持ちですか。免許証とか」

「な、なんだよ、もういいだろ！　早く店に戻んねえと……」

「免許証を」

「サツだからって商売の邪魔すんなら……」

「免許証を」

繰り返す尊に根負けしたように、男はズボンのポケットからくたびれた免許証のケースを取り出した。無言で突き出してくる。

「失礼、拝見します」

ケースを開いた尊はすぐに「ありがとうございました」と男にケースを返した。

「もういいだろ、これで」

「岩間さん、この自転車は？」

「はあ？　自転車がなんだよ。これは俺の……」

「イニシャルですが、記入されているものとお名前がちがいますね」

尊が前輪のカバーに記されたアルファベットを指差す。

「ゆ、ゆずってもらったんだよ！　ダチに！　わ、わざわざ名前なんか変えねえから……」

「そのお友達のお名前と連絡先をお願いします」

「すず……鈴木……おぼえてねーよ！　お、俺がアシがねえから困ってたら、使えって……」

「カギの壊れた自転車をですか」

今度は尊はサドルに取り付けられたU字ロックに向けて顎をしゃくった。

朝陽もつられて目をやる。鍵はわずかだがねじれていた。

男に話しかけながら、そんなところまでチェックしていたのかと朝陽は心中、舌を巻く。

「これ、これは……い、いちいち鍵かけんのが面倒だから……」

「岩間さん、窃盗の現行犯で逮捕します」

言うやいなや、尊は左手で男の腕を摑み、「日野、手錠」と指示してくる。朝陽はあわてた。

「ちょ、ちょっと待てよ！」

それまでは一歩後ろから二人のやりとりを見ていたが、男の手を摑む尊の腕を引っ張った。

「いくらなんでも、いきなり現行犯逮捕はやりすぎだろ」

男の耳をはばかって、尊をささやき声でいさめる。

「なにがやりすぎだ。自分のものではない自転車を所有物のように扱っているんだぞ」

「で、でも……本当に友達に借りてるのかもしれないじゃないか。……あ！」

早口でやりとりしている二人を置いて、男は尊の手を振り払っていきなり走りだした。自転車が音立てて倒れる。すぐさま尊が追う。

「た、助けてくれえ！」

大声で男が叫んだところで、追いついた尊が両手で男を押した。男が前に向かってつんのめるように倒れる。尊はその背にすかさず乗ると、自分の手錠を取り出した。後ろ手に、男の右手、ついで左手に手錠をかける。

「日野、メモを。八月五日、午後〇五時〇八分、窃盗の現行犯で男を逮捕」

「あ、天羽、やっぱりまずいよ……」

名前のちがう自転車に乗っていたというだけで逮捕は先走りすぎだ。

「おいおい、にいちゃん、ちょっとそれはやりすぎだろ」

野次馬のなかから赤ら顔の男が出てきた。遠巻きに見ていた見物人のなかからも、「ひどい

なあ」と声があがる。

非難の声はさらに朝陽をうろたえさせた。この前、盗撮犯を捕まえたことで、尊は強気になっているのではないか……。

「なあ、にいちゃんよお。たかがチャリだろうがよ。いきなり手錠ってのはサツの横暴だろ」

赤ら顔の男が抗議してくる。味方が現れたとばかりに、尊が押さえつけた男も暴れだした。

「そうだそうだ！　横暴だ！」

男が肩を跳ね上げる。

「た！　逮捕って、ああ⁉　こんな、こんなことで……ダチに、ダチにもらったって言っただろ！　不当、不当逮捕だ！　おめえ、おまわりやめなきゃなんなくなるぞ‼」

必死に後ろを振り向いて歯を剝き出し、男は尊を威嚇する。

「ひでえなあ。こんなんで逮捕されちゃうのか」

朝陽の後ろからも聞こえよがしの声がする。非難の視線が痛い。

「……あ……」

市民に頼られる警察官になりたい、そう思ってこの四ヶ月あまりがんばってきた。しかし今、自分たちは市民の敵になっている——朝陽は立っている地面がぐらぐら揺れるような感覚に青ざめた。

そんな朝陽の耳に、

ている。

「日野、落ち着け」

尊の声が、野次馬の声のなかから届いた。尊は落ち着いた静かな目で、じっと朝陽を見上げている。

「責任は俺がとる。逮捕時間の記録と応援の要請を」

その指示に、やっと冷静さが戻ってきた。もう尊は男に手錠をかけ、取り押さえている。ここで警察官同士が身内で逮捕の妥当性を議論していてはよけいにまずい。野次馬も図に乗るばかりだ。

「わ、わかった……了解！」

持っていたメモ帳に読み上げられた逮捕時間をメモする。手が震えたがなんとか記せた。

「自転車窃盗の現行犯逮捕を所轄の署に連絡。パトカーを要請」

続けて尊から指示が飛んでくる。

もう仕方ない。腹をくくって、朝陽は手順通りに無線をオンにした。

「こちら、警察学校短期課程初任科、日野朝陽です。祭りの警備中に自転車の窃盗犯を現行犯逮捕しました。応援とパトカーの出動をお願いします。場所は……」

朝陽が緊張しつつも初の無線連絡をしているかたわらで、

「おおーい！　不当逮捕だあ！　助けてくれえ！」

岩間がまわりの野次馬に向けて助けを求める。あおられた赤ら顔の男が「にいちゃんよう」

と尊の肩に手をかけようとした。

「すみません」

無線連絡を終えて、朝陽は尊と赤ら顔の男のあいだに割って入った。――今はとにかく、これ以上騒ぎを大きくしてはいけない。

「離れてください。職務執行中です」

「はあ？　俺も逮捕すんのか！」

男がすごんだ。ドスをきかされるが、百戦錬磨の教官たちに鍛えてもらっていたおかげで、ひるまずにすんだ。

「これ以上邪魔をされるなら、公務執行妨害になります。離れてください。お願いします」

冷静に警告すると男はしぶしぶ後ずさった。次は……。

「証拠品の確保」

尊に指示されて、朝陽は自転車を振り返った。

いつの間にか集まっていた野次馬たちのなかから数人が倒れた自転車に手を伸ばしている。

「さわらないでください！」

大声で制した。手袋をはめて、倒れた自転車を起こす。

「下がってください。下がって」

万一、拘束から逃れた犯人が暴れたら、集まってきた人にも危害が及ぶ。授業で習った通り、周辺の人の安全確保のために声をかける。——尊がそんなミスをするはずはなかったが。

男はアスファルトに押さえつけられたまま「不当逮捕だ！　懲戒免職だ！」と叫んでいたが、やがて遠くからパトカーのサイレンが聞こえてくると、一転して泣き落としにかかってきた。

「なあ、にいちゃん、たかが自転車じゃねえかよぉ。なあ、見逃してくれよぉ」

「見逃してくれというのは、やはり自転車は盗んだものだと認めるんだな」

「ちょっと借りただけだってぇ。終わったらちゃんと返しとくつもりだったんだ。ほんとだよ」

「日野、今の発言はメモしろ」

「なあって、なあ！　こんなんで点数稼ぎして、にいちゃん、うれしいか。俺はこつこつやってきたんだ。なのにさあ、自転車一台でさあ」

「きちんと反省を見せれば、不起訴になる道もある。とりあえずあきらめろ」

「ああもう……なんで今年に限ってサツが大勢うろうろしてんだよ……」

と男が言うところを見ると、例年、この祭りで屋台を出しているらしい。

そうこうするうち、パトカーが小道の入り口まで来て停まった。中から警察官が二名、降りてくる。さらに数名、警察官が走ってきた。

「自転車窃盗の現行犯で逮捕しました。逮捕時間と犯行を認める発言はメモしてあります」

「ご苦労さまです」

警察官の人数が二倍三倍になったところであきらめたのか、男はおとなしくなって連行されていく。

そこからはバタバタだった。

朝陽も尊も管轄の駅北警察署まで行き、そこで調書の作成に協力した。担任である南部教官も飛んできた。

「よくやった……と言いたいが、少々張り切りすぎたかもしれんな。不起訴になる公算が大きい。下手をすると誤認逮捕で騒がれるかもしれん」

（やっぱり）

朝陽は肩を落としたが、尊は冷静だった。

「脇道を来た岩間は大通りに立っているわたしと目が合うなり、あわてて自転車から降りて、方向を変えました。なにかやましいことがなければあれほど急な方向転換はしないでしょう。職務質問しようとあとを追ったら、さらに小道に入って逃亡をはかりましたので、身柄を確保すべきと判断しました」

教科書ではその通りだ。

「まあ、おまえの勘がどこまで正しかったかだな」

南部は帽子をとって頭をかくと、「しかし」と続けた。

「新人はそれぐらい強引でちょうどいい。クレームをつけられるのを怖がって、萎縮（いしゅく）するな」

「はい、ありがとうございます」

尊が腰を十五度に折って礼をする。朝陽もそれにならった。

しかし南部がその場を離れると、溜息が出た。いまさらながら脱力して壁にもたれる。

「……やっぱり天羽はすごいな」

思わずつぶやいてしまう。

尊が無言でこちらを見た。

「俺……天羽に言われた通り、疑うことで守れることもあるって、やっと思えるようになったんだ。だけど……」

今日のように、警察官の姿を見て回れ右しただけの人間にあんなに強硬に出られない。

「……俺は日野の考え方が嫌いじゃない。俺の猜疑心が強いんだろうとも思ってる」

静かに言われる。

慰めにも似たその言葉に、「いや」と朝陽は首を振った。

「……谷口さんから聞いたんだ。天羽は……あの遠足の日に、駐車場に停まってた車のリストを提出したって。俺……その時は全然そんな、流星が誘拐されたかもしれないなんて考えてなかった。ただ単純に、どこに行っちゃったんだろうって、それしかなかった。……俺はやっぱり甘いんだ」

全然成長できていない。肩を落としてうつむくと、

「……あの日……」

　尊の、ひどく沈んだ声が落ちてきた。あまりに暗い声に顔を上げると、尊は痛みをこらえるように眉を寄せて、床の一点を見つめていた。

「俺がもっとちゃんと……班長としてちゃんとしていたら……里崎はいなくならなかったかもしれない、そう思ったら、たまらなくて……里崎に俺がしてやれることはなにか、必死で考えたんだ。里崎が自分から姿を消したとは思えなかった。だったら、崖からすべったか、穴に落ちたか、でもそれは警察の人が探してくれる。じゃあ、ほかには？　誘拐か、だったら、少しでも手がかりをと……そう考えたんだ」

　班長としてちゃんとしていたら。その言葉がひどく重く響く。

　やっぱり……と朝陽は胸痛む思いを嚙み締めた。教場の総代としてうっとうしいくらい四角四面で完璧な尊。昔はもう少し柔らかいところもあったのにと思っていたけれど……。

　尊はどれほどの思いで、あれから「ちゃんと」しようとしてきたのだろう。胸が痛む。

　細く長く、尊は息を吐いた。

「ずっと……苦しかった。早く、里崎が見つかってほしかった。犯人が捕まってほしかった」

「天羽……」

「……谷口さんは毎年来てくれたが……俺を楽にはしてくれなかった。だから……俺は警官になろうと思ったんだ。少しでも早く、犯罪者を捕まえて、俺のようにしんどい思いをする子供や、関係者が救われるようにって……」

「俺のようにしんどい思いをする子供」という言葉にはっと胸を突かれる思いだった。「警察は頼りにならない」、それが志望動機だと言っていた尊の言葉の裏にあるつらさ、しんどさがその時、はっきりと見えた。だからこそ、尊は犯罪者を見逃さないという強い意識を持てるのか。

　ひるがえって自分はどうだ。人を疑うのが苦手だなんて、自分のように甘い人間が、そんな苦しみを持つ子供を救えるのだろうか。

「俺……」

　本当に警察官になっていいんだろうか。苦い問いを口にする。

「俺、俺には警察官はやっぱり無理……」

　その言葉は、

「無理じゃない」

と強い口調でさえぎられた。「でも」と言いかけると、

「人じゃなく、行動を疑うんだって考えられないか」

と提案された。思わぬ助言に目を見張る。

「行動を疑う？」

「俺は岩間さんのことをなにも知らない。岩間さん本人を悪人じゃないかと疑ったわけじゃな

い。ただ、俺たち警察官を見て、はっとしたようにUターンした、そのあわてぶりに疑いを持ったんだ」

「……あわてぶりに……」

そうだ、と尊がうなずく。

「その人がどんな行動をとるか、注意する、観察する。こいつはなにか悪いことをするんじゃないかと疑うんじゃなくて、疑わしい行動をしないかどうか、そこに留意するんだ」

ふっと、胸の奥の重しが取れたような気がした。それまで滞っていた流れがすーっと下へと落ちる。

「……それなら……それなら、できる気がする……っていうか、それはやらなきゃダメなことだよな」

そう言うと、尊は安心したように笑顔になった。

「ああ、やらなきゃダメなことだ。それが本当の意味で市民を守ることになると思う」

市民を守りたい、頼られたい、安心感を与える存在でありたい――その気持ちと、「人を見たら泥棒と思え」という方針は矛盾するような気がしていた。しかし、その人がどんな行動をとるか、注意を払って観察するのは、本当の意味で市民を守ることにつながっていく。

ほおっと朝陽は溜息をついた。膝に両手をついて、しばし、うつむいた姿勢で考えをまとめる。

「そっか……そうだよな……」

自分に確認する。そうだ、それは必要なことだ。

朝陽は背を伸ばした。尊を見上げる。

「案外……いや、案外っていう言い方は失礼だよな。うん。天羽のほうがいい警察官になれるんだろうな」

尊の目が丸くなった。

「ん？」

なにか変なこと言ったか？　と小首をかしげると、「いや」と尊は口を手で覆う。

「おまえに……そんなふうに言ってもらえるとは思わなかった」

その頬がうっすらと赤くなっている。うれしい、とつぶやかれて、顔の赤さが伝染した。

「な、なに言ってんだよ……」

照れている尊というのがレアで、こちらまで照れてしまう。朝陽は照れ隠しに、制帽を深く下ろした。

＊＊＊　6　＊＊＊

警察学校では入学時に前半三ヶ月の予定表が配られた。後半三ヶ月の予定表をもらったのは一ヶ月前だ。

そこに、『御山山山岳救助訓練』の文字を見つけた時から朝陽は緊張をおぼえていた。

夏祭りの警備に駆り出された次の日、月曜日になって、翌日の山岳救助訓練の詳細が明かされた。

午前八時、警察学校を出発。みやま高原キャンプ場の駐車場までバスで行き、その後、キャンプ場を突っ切って登山道に入り、八合目付近まで登ったあと、滑落して怪我をした登山客を捜索・救助するというスケジュールだった。指導はみやま署の山岳警備隊と記されている。

御山山での山岳救助訓練というだけでも重いものを感じていたが、あの駐車場で降り、あのキャンプ場を突っ切るという予定にさらに気持ちは重くなる。

（天羽は……）

ＨＲで配られたプリントを手に振り返ると、尊はやはり険しい表情でスケジュール表を見つめていた。朝陽が振り返ったことにも気がつかない。

自分がこれだけ重いのだ。この十年、一人で自責の念と世間の声と向き合ってきた尊なら、なおのことだろう。

「……天羽……」

そっと声をかけた。やっと尊が顔を上げる。だが、声をかけたものの、なんと続ければいいのかわからない。

逆に尊のほうから、

「大丈夫だ。これまでも何度か行ったことがあるから」

とうなずかれてしまった。

「そ、そうか」

前に向き直る。

朝陽はあの遠足以来、みやま高原キャンプ場に行くのは初めてだ。だが、これまで尊がどんな思いであの現場を訪れていたのかを考えると、何度も行っているから平気というものではないだろうと思われた。

授業のあいだはさすがにいつもと変わらない様子の尊だったが、夕飯の時には箸(はし)の進みが遅かった。朝陽も人のことは言えない。食欲が湧かず、行儀が悪いとわかっていて何度も溜息(ためいき)をついてしまった。

「二人とも元気ないね」

藤田(ふじた)に気遣われた。

「夏バテ？　それともきのうがんばったから疲れたかな」

「いや……ちょっと明日の……気になって」

「ああ、山だもんねえ。ぼくも山登りなんて小学校の遠足以来だよ」

藤田は朝陽が山登りを苦にしていると思ったらしい。

「あすは訓練だ。しっかり体調を整えていこう」

尊は総代らしくそう言ってうなずいたが、それは自分に言い聞かせているようにも聞こえた。

眠れない夜になった。

薄い壁でもさすがに寝返りの気配までは伝わってこない。しんとした壁の向こうを朝陽は思いやった。

(天羽も、かな)

翌日は朝陽の気持ちと裏腹の晴天になった。暑くなりそうだ。

出動服に着替え、正門前のロータリーに集合する。

心配していたが、南部(なんぶ)教場の点呼をとる尊はてきぱきしていた。ただ、表情はいつにもまして硬く見える。

ロータリーでバスを待つあいだに、朝陽はそっと列を抜けた。先頭の尊のもとに行く。

「大丈夫か」

　一言、どうしても声をかけずにいられなかった。

「……ああ」

　尊は一瞬だが、笑みをみせてくれた。

「今日は一人じゃないからな。おまえが一緒だ」

「……っ」

　その言葉に不覚にも涙ぐみそうになった。そんなふうに言ってもらえるのがうれしい。ともにいられるのがうれしい。

「無理すんな」

　一声かけて朝陽はさっと列に戻った。

　バスに乗り込み、一時間ほどでみやま高原キャンプ場の駐車場に着いた。駐車場は看板が新しくなっているぐらいで、トイレや周辺の景色は変わっていない。

（流星、ごめん、久しぶり）

　キャンプ場へと続く道を見上げて朝陽は心のなかで呼びかけた。

「一班から順に二列縦隊！」

　前方で教場を尊が仕切る。ここに来て、まったくの平常心でいられるわけはないだろうに、動揺の色を見せないのはさすがだ。もし本当に自分の存在が支えになっているならいいけれど。

しいと痛切に願う。

（あんまり無理すんなよ）

こうして現場に来て、流星がいなくなったのは自分の責任だなんて、また思わないでいてほしいと痛切に願う。

いたましいような、もどかしいような、複雑な思いで先頭に立つ尊を見ていると、

「今日はぼく、がんばるからね」

横に並んだ藤田に声をかけられた。

「プールの救助訓練では迷惑かけたけど、今度は迂闊な行動はとらないように気をつける。ぼくも、助けられるほうじゃなくて、助けるほうになりたいから」

決意表明する藤田の目はきらきら輝いている。

「うん。俺も絶対手伝わないよ」

それぞれがそれぞれの技術を習得するために、自分たちはこの学校に来ているのだと、朝陽は藤田と尊に気づかせてもらった。人を助けるためにはまず、自分の安全を確保しなければならないという、救助の基本も。

藤田が無言でこぶしを差し出してくる。朝陽もこぶしを作ってこつりと合わせる。

その藤田は四ヶ月前、着校式で会った時とは顔も身体も引き締まって別人のようだ。他人のことはよくわかるというが、自分も藤田のようにたくましく成長できているかなと朝陽は自分の身体を見下ろした。

じりじりと陽が照りつけるなかを、出動服と呼ばれる災害救助時などに着用する制服にリュックを背負い、ヘルメットをかぶった一団が出発する。

キャンプ場への登り道を十分も歩くと、左手にトイレの建物が見えてきた。あの遠足の時は二十分近く歩いた気がするけれど、さすがに鍛えられた大人の脚と子供の脚はちがう。

『この山、たけのこ採れるんだって。あとで採りにいこうよ』

このトイレから出てきた流星が言っていた言葉を思い出す。

「あ」

流星のその発言を尊はどう考えるだろう。思いついたらすぐに話したくなった。

「班長！」

朝陽は花岡（はなおか）を呼んで手をあげた。

「総代に話があります！　列から離れてもいいですか？」

「許可する」

花岡の許可をもらって、朝陽は列から横にそれた。坂道を駆け足で尊の横までいく。

「天羽！」

「どうした」

あのトイレなんだけど、と指差した。

流星のセリフを伝えると、尊はなにか考える時のくせで、眉を寄せた。

「たけのこか」

「たけのこは春だから全然季節がちがうのに、どうして流星はたけのこのことなんか言いだしたんだろう」

「竹を見て、連想した……いや、このあたりに竹はないな」

木々を見上げて尊は首をひねる。

「……採れるんだって、と里崎は言ったんだな？」

「正確な語尾はちがうかもしれないけど、ニュアンスはそうだよ。誰かから聞いたか、なにか見たみたいな言い方だった」

尊の眉間のしわが深くなった。

「そこはまちがいないのか」

「ああ。だから俺、トイレにたけのこ掘りのポスターでも貼ってあるのかと思ったんだ。ほかにトイレに出入りしてる人の気配はなかったから。……あ」

もう一つ思い出して、朝陽は声をあげた。

「流星、手洗い場が裏にあったって言ってた」

「確認できるといいが」

尊はもう背後になったトイレをちらりと見下ろす。

「また今度、休みにこようか」

「そうするか」

話を終えて、朝陽はぴっと敬礼の姿勢をとった。

「では日野朝陽、班に戻ります！」

「了解した」

また駆け足で藤田の隣に戻る。

それから間もなく、朝陽たちはみやま高原キャンプ場の中央広場に着いた。やはり、事務室の建物も、周囲の景色も大きく変わっていない。

（どうして、流星……）

あの日、カーブを見下ろして友の姿を探した時の緊張と不安がよみがえってくる。どうしていなくなってしまったのか――。

（いや、今は訓練に集中しないと）

当時の気持ちに呑み込まれそうになるのをこらえる。

中央広場を過ぎて、キャンプ場のなかではもっとも標高が高い位置にあるアカマツテントサイトを突っ切る。「これより登山道」という道標の脇を通り、さらに上へと登る。

キャンプ場内は林のなかもアスファルト舗装がされていたが、そこからは本当の山道だった。地面に丸太が埋め込まれている階段はまだましで、木の根がぼこぼこと出たり、岩が段差を作っている細道をひたすら登る。

ようやく少しひらけたところに出たと思ったら、オレンジ色の上着を着た山岳警備隊の隊員たちが待ち構えていた。

「ここまでお疲れ様でした。十五分の休憩ののち、まず森林での捜索訓練、ついで休憩を挟んで遭難救助訓練をおこないます」

と告げられる。

これまで、朝陽たちは警察の業務に必要とされるさまざまな訓練を受けてきた。交通事故では車種特定の有力な証拠となる部品片や塗装片をアスファルトからアリの子を探すようにして拾う訓練、指紋や血液反応をとる訓練、火災の発生した建物からの避難訓練などだ。

今日の山岳訓練もその一環だ。朝陽たちは道のない斜面をどう安全を確保しながら下りるのか、山での捜索はどうおこなうのか、指導を受けながら下方に見える沢までくだる。

標高のある山のなかで、木陰もふんだんにあるとは言いつつ、暑さで汗だくになった。

「茂みには迂闊に足を踏み入れないこと。まずは持っている棒で茂みを叩き、蛇などを追い出します」

ぞっとしない注意に女性陣から小さな悲鳴があがる。

（ここも谷口さんたちが探してくれたんだよな）

キャンプ場より山頂に近い場所も広く捜索したと聞いている。

実際に自分が装備をつけて道なき山の斜面をくだっていると、山での捜索がどれだけ大変なことか実感できる。

だが、警察の任務は結果がすべてだ。どれほど捜査や捜索をがんばったか、問題はそこではない。成果が上げられたか、上げられなかったか。延べ数千人が投入された捜索でも、流星も、流星を連れ去ったかもしれない人間の手がかりも見つからなかった。

（流星、どこに行っちゃったんだ？）

やはりもう流星には会えないのだろうか。山の捜索の大変さを体験して、改めて望みのなさを突きつけられた気分だった。

重苦しい気持ちになりそうなのを、「いや、俺たちがあきらめちゃダメだ」と気持ちを持ち直す。もしかしたらこの訓練で新たな手がかりが見つかるかもしれない。朝陽はいっそう熱心に小さな崖や木と岩の狭間に注意をはらった。

弁当を挟み、ようやく斜面での捜索訓練と、沢にいる遭難者を保護する訓練が終わったのは、もう四時近かった。

いったん、キャンプ場の中央広場まで戻り、そこで休憩になった。

「疲れたあ！」

慣れない山歩きでみんなぐったりしている。

リュックを下ろすと、肩に食い込んでいたバンドがなくなり、背中に風が通って、それだけで至福の心地だった。さらに軽食として全員に菓子パンが配られたが、普通にスーパーで売っているクリームパンが涙が出るほど美味しい。

「ぼく、こんな美味しいパン食べるの、初めて……」

藤田が感極まったように言う。

「本当だな」

朝陽は隣でうなずいた。訓練を無事に終えた解放感とクリームの甘さがあいまって、極楽のような幸福感だ。

そこへ助教官が近づいてきた。

「藤田。ああ、座ったままでいい」

あわてて立ち上がろうとする藤田を助教官は手で制した。

「今日はよくがんばっていたな」

短い褒め言葉だったが、藤田がこういう訓練で褒められるのは珍しい。いや、朝陽が知る限りでは初めてだ。見る見るうちに、ただでさえ火照っていた藤田の顔がさらに赤くなった。

「あ、ありがとうございます……！」

朝陽は藤田の膝にこつりと膝を当てた。

「よかったな」

「うん！」

最初はムダに強圧的で厳しいばかりと見えた教官たちだが、五ヶ月目に入った今では、それそれの得意不得意を見て、必要な時に必要な助言をくれる存在なのだとわかってきた。

藤田のがんばりを褒めてもらえたのが、朝陽も我がことのようにうれしかった。

しかし――今日は気がかりなことがある。袖をめくって、朝陽は腕時計を見た。

(四時十分)

尊が自転車の窃盗犯を捕まえたのは二日前の午後五時八分。警察から検察への送検は逮捕から四十八時間以内におこなわねばならない。あの岩間という男は送検されたのだろうか。

(自転車じゃなぁ)

前科があったり、もしも執行猶予中であれば、軽微な犯罪でも送検、起訴される。が、そうでなければ送検しても不起訴になる公算が大きく、証拠不十分で釈放される見込みも大きい。

(不当逮捕とか騒がれなきゃいいけど)

朝陽は尊のほうを見た。いつもと変わらない無表情は自分が逮捕した男の処遇を気に病んでいるようには見えなかった。

「天羽！　日野！　こちらへ！」

突然、南部教官に二人して呼ばれた。「はい！」と立ち上がる。

南部はみんなから離れた、川のそばまで二人を連れていく。

「一昨日の自転車窃盗の現行犯逮捕の件だが」

と切り出される。やはりその件かと、朝陽は背筋を伸ばした。

「天羽」

南部は底の読めない目を尊に向けた。

「たとえ放置自転車であろうと、自分のものではないものを所有していれば、それは窃盗だ。しかし、現実問題、『少し借りるつもりだった。必ず返しておくつもりだった』『鍵は最初から壊れていた。放置されていたので使った』と強弁されれば窃盗や器物損壊で検察が起訴まで持っていくとは限らない。逮捕、勾留、送検にどれだけの書類を書いて、どれだけの手続きを踏まなければならないか、知っているな?」

はい、と尊がうなずく。

「おまえはそれだけの手間をかけても、自転車窃盗を現行犯逮捕しなければならないと思ったのか。これからも同じように自転車を借りパクしているやつらに片っ端から手錠をかけるのか」

南部の言葉は尊を非難しているとしか聞こえなくて、朝陽は横ではらはらした。

これから卒業にかけて、学校では柔道や剣道、逮捕術、水泳に短距離、長距離走、二輪車、四輪車の運転技術などなど、大会や検定が目白押しだ。どの科目でもトップの尊は順当にいけば優勝や好成績がのぞめる。学科ももちろん大丈夫だろうから、卒業式でもまた、卒業生代表に選ばれる公算は大きい。

なのに、こんなところで大きなマイナスがついたら……。

だが、はらはらしている朝陽とは反対に、尊はなんのプレッシャーも不安も感じていないようだった。

「天羽、どうだ」

(『いいえ』と答えろ。『いいえ』だぞ)

せめて不当逮捕を反省しているというポーズをとれ。朝陽は心のなかで尊に叫ぶ。

「いいえ」

え。

予想していなかった返事に目が丸くなった。

「ほう」

南部も意外そうに目を見張る。

「これからは逮捕しないのか」

「不審を強く感じたら、たとえ軽微な犯罪でも逮捕します。ですが不審を感じなければ、被疑者として任意同行を求めはしますが、手錠をその場でかけることはしません」

「……岩間には、不審を強く感じたのか」

「はい。目が合うなり、怯えたように方向転換しました。その様子が……警察官をひどく避けたがっているように見えました。自転車の窃盗だけで、あれほど怯えるものかと不審をいだきました」

南部の口元に満足そうな、うれしそうな笑みが浮かんだ。何度もうなずく。

「なるほど、なるほどな。……天羽、おまえはいい刑事になれるぞ」

いい刑事になれる。それは警察学校の生徒にとっては最高級の褒め言葉だ。

「ありがとうございます」

頭を下げた尊に向かい、

「岩間の指紋が合致した」

と南部は短くその言葉を落とした。

「十年前、小学生の行方不明事件の捜索途中で、この山中で見つかった遺体があった。おまえたちにも縁の深い事件だ。おぼえているだろう」

突然の南部の言葉に驚いて、朝陽は尊と顔を見合わせた。尊の目にも驚きととまどいがある。

「埋められていた遺体から山裾側に三十メートルほどくだったところに携帯電話が落ちていた。その携帯の持ち主が死体となっていたわけだが、その携帯に残っていた、その持ち主以外の指紋と、岩間の指紋が一致した」

「え……」

「岩間は殺人事件の重要参考人になる」

南部は尊の腕を、ねぎらうようにぽんぽんと叩いた。

「よくやった。まだ岩間が犯人（ホシ）と決まったわけではないが、大きな前進だ」

「天羽、やったな！」

じっとしていられなくて、朝陽も尊の肩を叩いた。

もうこれで尊が不当逮捕で責められることはないという安堵と、もしかしたら殺人犯をつかまえたのかもしれないという高揚感が入り混じる。

しかしやはり、尊はうれしそうな顔を見せない。

「教官」

と、ぐっと身を乗り出す。

「岩間は、里崎のことは……里崎流星のことは知らないんですか。里崎が行方不明になっていることと、岩間は関係ないんですか」

そうだ。尊の疑問は朝陽の疑問でもある。答えを求めて南部を見る。

「それはこれからだ。殺人事件の被疑者だからな。岩間は県警本部に送られて、捜査本部が再招集される。これまでの経緯もある。おそらく谷口警部が本部長に任命されるだろう」

南部はどこまで流星の行方不明事件について知っているのだろう。さっき「おまえたちにも縁が深い」と言っていたけれど……。

「失礼ですが、南部教官は谷口警部とはどのような関係でいらっしゃるんですか」

聞きにくいことを尊がずばりと聞いてくれた。南部の目元がなごむ。

「谷口とは同期だ。おまえたちと同じ、同じ教場で学んだ仲だ」

なるほど。

「里崎くんの行方不明事件については、まったく管轄はちがったが、谷口からいろいろ聞かされていた。同級生がいなくなってえらく責任を感じているのがいるとか、仲がよかった子がいるとか……。それで君たちの担任になって、どこかで聞いた名前だと驚いて、谷口に知らせたんだ。会いに来ただろう、彼」

「南部教官だったんですか！」

谷口が視察団の一人になって警察学校に来たのは、そんな裏があったのか。思わぬ糸がつながって、朝陽は目を丸くした。

「……教官」

なにか迷うように、一度、尊は視線を落とした。少し間を置いて、意を決したように顔を上げる。

「あの……おかしなことをお願いしますが、わたしと日野をここに置いていっていただけませんか」

「日野とおまえをここに？　どういうことだ」

「日野が今日、里崎との会話で思い出したことがあると……それがどういうことなのか、確かめてみたいんです。ここに来る途中、トイレがありましたよね。そのトイレの構造と位置関係で気になることがあるんです」

そうだ。朝陽も南部に向かって身を乗り出した。

流星の捜索中、偶然見つかった、埋められていた他殺体。どこで殺されたのか、それが流星がいなくなったことと関係があるのかないのか、今はまだなにもわからない。けれど、流星が言っていた「たけのこ」について、せっかく今、現地にいるのだから考えてみたい。

「お、お願いします！　流星、そのトイレから出てきて、変なことを言ってたんです。この山、たけのこが採れるんだってって……遠足は十月だったのに、なんでそんなことを言いだしたのか、考えてみたいんです！」

「なるほどな……」

南部は朝陽と尊を交互に見て、うなずいた。

「いいだろう。だがここはもうすぐ暗くなる。安全のためにも長い時間はやれん。三十分だ。みんなは待たせておく」

「あ、ありがとうございます！」

時間がもらえたのがうれしくて、朝陽は勢い込んで礼を言ったが、尊は「三十分」とつぶやいた。

「三十分……では申し訳ないですが、もう一つ、お願いしてもいいでしょうか。被害者が埋められていたのと、携帯電話が見つかった正確な場所が知りたいんですが」

「わかった。すぐに谷口に問い合わせよう」

「ありがとうございます。よろしくお願いします」

南部の理解と協力に感謝して、朝陽は尊と走って中央広場を出た。トイレを目指す。

トイレは道の脇に、木立ちに囲まれるように建てられていた。入り口は左右にあり、右が女子トイレ、左が男子トイレだ。

中に入ると染みついたアンモニア臭と同時にひやりとした空気に包まれた。

「ポスター……貼ってあるような雰囲気じゃないな……」

入ると右手に小便用便器が三つ並び、左手に大便用の個室が二つ並んでいた。壁はコンクリートの打ちっぱなしで、いまどきの綺麗なトイレとはちがう。

「手洗いは裏か」

入り口とは反対側からも光が入り、そちらにも出入口があるのがわかる。

「出てみよう」

便器と個室のあいだを突っ切って、反対側のL字になった出口を出た。

突き当たりに小さな手洗い場があるが、トイレの裏手はそのまま林に続いている。木のあいだから、なにか建物の影が見えた。

「流星、なかなか出てこなくて……大きいほうだったのかって、俺、聞いたんだ」

「……里崎は林に入ったのか？」

尊は独り言のようにつぶやく。

「あの建物、なんだろう？　民家かな」

　山の東側の斜面は日没前だが陽の光がさえぎられて、夕闇の気配が漂いだしている。しかし樹間をうかがうと、ログハウス風の赤い三角屋根が見えた。丸太を組んで造られているらしく、ちらちら見えるだけでも可愛らしい印象だ。

「別荘地だ。十年前はまだ今の面積の半分ほどだったが、その後山頂側に向けて拡張されている」

「よく知ってるな」

　感心して朝陽は尊を見上げた。

「見たら、おぼえる」

「それでもさ、十年前と今の地図を、そう思って見くらべなきゃ気づかないだろ」

　十年間、ここを訪れるだけではなく、尊は何度、御山山の地図を広げたのだろう。

「少し、下りてみるか」

　林のなかに足を踏み入れた。ゆるい下りの斜面は、ここもキャンプ場運営者の手が入っているらしく、下生えは刈られ、木々の間隔もそこそこ広く、歩きやすい。

　不意に視界が広がった。林が唐突に終わり、別荘地が見下ろせた。トイレからは一階建ての可愛い建物に見えたログハウスは、崖の下に建つ二階建てだった。

「別荘地……」

右手を見ると、似たようなログハウスがキャンプ場とは別方向に並び建っていた。ちょうど、トイレから見える目の前のログハウスが三角形の頂点の一つで、底辺がキャンプ場とは反対側にある形だ。

「十年前はこのログハウスが一番山頂に近かったはずだ。別荘地はここから下に向けて広がっていた」

尊が腕を二方向に広げて指し示す。

朝陽は頭の中で目の前の風景に線を引いてみた。だとすると、もし流星がここまで下りてきたとして、見える景色はこれほどひらけてはいなかっただろう。右手には森が広がっていたはずだ。

「たけのこは……ないよな、やっぱり」

ここまで下りてきても、やはり竹は一本もない。

「……正確な場所がわからないから、目分量になるが」

前置きして、尊は山頂へと身体の向きを変えた。斜面に向かって指をさす。

「遺体が埋められていたのが、だいたいあのあたり……標高的には中央広場の少し上だ。そして携帯電話が見つかったのは」

すーっと尊は指を手前へと下ろした。

「あのあたり。ちょうど中央広場のあたりだ」

朝陽はうなずきながら尊の話を聞く。

「遺体が見つかったのは十月二十五日、死後六日から七日と推定され、死因は鈍器殴打による頭部陥没。周囲に揉み合った形跡もなく、怪我の形状に合致する凶器や石なども見つからなかったことから、別の場所で殺害され、ここまで運ばれて埋められたとみられていた」

「でもどうやって。駐車場からここまでは相当あるのに。死体を運んでいたら人目にもつく」

「当初から警察では、犯人はキャンプ場の駐車場ではなく、この別荘地に車を停めて、そこから運んだんじゃないかとみていた。このログハウスの裏手から登れば」

と、尊はまた指で線を描いた。

「遺体発見の現場まで、キャンプ場を通る道の半分の距離ですむ」

「なるほど……別荘地の端がここで、遺体発見の現場があそこで……携帯電話が見つかったのがあのあたりだとすると……」

三点はほぼ一直線に並ぶ。

今度は尊がうなずいた。

「その通りだ。……これはあくまで想像だが」

前置きして、尊は細めた目を遺体が発見されたあたりの山腹に向けた。

「犯人は十九日から二十日にかけての深夜、ここに死体を埋めにきた。ところが途中で被害者の携帯電話を落としてしまい、翌日になって気がついたか……あるいは明るくなってから探そうと思ったか、とにかくまたここに来た。そうして携帯電話を探しているところに……」

「『おじさん、なにしてるの？』」

好奇心旺盛で、陽気だった流星。トイレから出て手を洗っている時に、木のあいだから見えた赤い屋根に気づき、林に入り、そして、落としてしまった証拠の品を探して、木の根元や足元をのぞき込んでいる中年の男に出会う――。

ピンクと黄色のキャップをかぶった流星が無邪気に尋ねる声が聞こえるような気がした。

『おじさん、なにしてるの？』

犯人は、岩間は、あわてただろう。どうごまかそうかとあせったにちがいない。

『あ、ああ、たけのこを探してるんだよ』

『へえ、見つかるといいね！』

小学生が去ってから、岩間は自分の失言にほぞを噛んだのではないか。今はたけのこのシーズンではない。不自然な嘘が子供の口から大人の耳に入ったら、どうしよう……。

「――すべては、想像だ。推理でしかない」

「でも……でも、そしたら……」

説明がつく。失言に気づいた岩間はなんとかその子の口を封じようと、キャンプ場の様子をうかがいながら、斜面を這っていたのではないか。目立つピンクと黄色のキャップを狙って、その子が一人になるタイミングを執拗に狙ったのではないか。

「岩間は、流星を……」

「想像だ！」

荒い声だった。尊は前方をきつくにらんでいる。その手が固くこぶしに握られているのに、朝陽は気づく。

「……想像だ。全部」

らしくもなく揺れる声が、そのまま尊の内心の動揺をあらわしているかのようだ。

もし本当に、そんな理由で流星がさらわれ、殺されているとしたら……。口の中に苦いものが湧いてきた。尊も同じ苦みを味わっているのだろうか。

その時、

「おーい」

トイレのほうから声がした。南部だ。

「教官！」

急いで斜面を上がった。

「確認した。遺体と携帯電話が発見された位置だ」

南部がスマートフォンを見せてくれた。捜査資料らしい、等高線と地名が記された地図に、二ケ所、バツ印が打たれている。

正確な地図でも、やはり、ログハウスと死体遺棄現場、さらに携帯電話が見つかった場所は直線上にあった。

「ありがとうございます」

震える声で言い、それでもしっかりと尊は顔を上げた。

「教官、帰校したら、我々の推理を聞いていただけますか」

南部は「もちろんだ」と深くうなずいてくれた。


授業後のＨＲのあと、南部に「天羽、日野」と呼ばれたのはその次の日のことだった。

「おまえたち、今から県警本部まで俺と一緒に来てくれないか」

二人一緒に呼ばれるといえば、朝陽には一つしか思い当たることがない。

「流星の行方がわかったんですか？」

教官の質問に質問で返すという無礼をしてしまってから、はっとした。

「あ、失礼しました！　わたしは大丈夫です！」

「わたしも問題ありません。どういう用件でしょうか」

「殺人事件については取り調べは順調らしい。被害者（ガイシャ）の携帯から指紋が出たのは大きいからな、岩間も観念しているようだ。だが、行方不明になった小学生については知らぬ存ぜぬ……こっちはなんの証拠もない」

確かに流星の件に関しては、岩間が死体を遺棄した現場と行方不明の現場が時間も距離も近いという状況証拠しかない。あとは尊と朝陽の推理だけだ。

「きのう君たちから聞いた話はすぐに谷口にも伝えたんだが、やはり君たちの話を直接聞きたいそうでな。そこから岩間を落とせないかと狙っているらしい」

「捜査に協力できるんですから、喜んで」

尊と二人でうなずいた。

私服でいいと言われて、あわててスーツに着替えた。緊急時出動の訓練のおかげで身支度が速くなったのは学校生活の思わぬ副産物だ。

県警本部へは南部の車で向かうことになった。その車中で、南部は捜査の状況について説明してくれた。

「ガイシャは十月十九日、競馬で大穴を当てた。よっぽどうれしかったんだろう、行きつけの飲み屋で『金を持ってる』と酔っぱらって自慢していたという証言がある。当初からその金を狙った犯行じゃないかと見られていたが、飲み屋でたまたま聞きつけた人間がホシでは行きずりと変わらないからな。携帯電話に残っていた指紋が唯一の手がかりだったが、前科(マエ)のないホシで、そこから追うこともできなかった」

しかし、と南部は続ける。

「チャリの借りパクで逮捕された岩間の指紋がまさかのヒット。今日一日で、岩間が当時、塗装の仕事をしていたことと、岩間が仕事を回してもらっていた会社がその飲み屋の近くにあったことまで明らかになった。おまけに、当時の同僚から、ある時急に岩間の金遣いが荒くなったって証言までとれてな。岩間も死体遺棄と金を盗んだことは認めてるらしい」

「殺したことは認めてないんですか」

助手席に乗っていた尊が尋ねる。

「今の様子なら、そっちも時間の問題だと谷口は言っとるよ」

よかった——後部座席で朝陽はそっと息をついた。

誰に殺されて、誰に埋められたか、被害者の遺族はこの十年、大事な家族がどうして死ななければならなかったのかわからないままに過ごしてきたのだ。

加害者がわかったからといって被害者が生き返るわけではないが、しかし、加害者が明らかになり、その罪が裁かれないままでは家族はどこまでも救われない。

「指紋が残っていた携帯電話についてはどうですか。岩間は被害者の携帯電話を落としたことを知っていたんですか」

そうだ、それが大事だ。朝陽は後部座席からシートベルトが許す限り前に身を乗り出した。

岩間が翌日、もう一度御山山に戻ったのかどうか。

「それについてはな」

南部が溜息をついた。

「携帯に、二十日午前二時にガイシャの女房が電話をかけてきた履歴が残っていた。事情を聞いたところ、帰宅が遅いのを心配して電話をかけたが応答がないままに切られたと女房が話したそうだ。岩間も死体を埋める場所を探しているところにいきなり呼び出し音が響いて、あわてて死体の内ポケットから携帯電話を取り出し、切ったところまでは認めている。だがそのあと、死体と一緒に携帯は埋めたと言ってるそうだ」

岩間が携帯電話を落としたことを知らなかったとすれば、尊と朝陽の推理は成り立たなくなる。

「でも……だったらどうして、流星はいきなりたけのこのことなんか……」

たまらなくて、両手をこぶしに握る。

「だから俺たちが今から行くんだろう」

尊に言われてはっと顔を上げた。――そうだ。だから今から行くんだ。

「まあ、直接おまえたちが岩間とやりとりすることはないだろうが、谷口は当時の小学生の証言は突破口になるだろうと言ってる。流星くんと岩間が会っていた可能性から揺さぶりをかけられるはずだとな」

（流星）

楽しい遠足の最中にいきなり消えてしまった友達。その消息がようやくわかるかもしれない。待ちかねていた舞台の幕がようやく上がるような期待感とともに、けれど、同じだけの怖さを朝陽はおぼえる。

友達の行方を明らかにしてやりたい、真実を明らかにしてやりたいという意気込みとは裏腹に、自分たちの推理が当たっていてほしくなくてじりじりした。岩間に「事実を」と迫りたいのに、知るのが怖い。

(それでも)

はっきりさせなければならない。もし岩間がなにか知っているのなら、そしてなにかしたのなら、それをすべて白日のもとにさらさなければ。

身体がぶるりと震えた。

それは朝陽が初めて体験する「武者震い」だった。


県警本部では谷口が待っていた。

捜査本部になっている会議室で地図を広げ、谷口に流星との会話と尊と立てた推理を伝える。

「その線で攻めてみよう」と谷口は取調室へと戻り、朝陽と尊はその隣室に入れてもらった。

マジックミラー越しに見る岩間は、今はそう思って見るからだろう、悪人顔に見えた。

(この男は人を殺していた)

尊に押さえつけられて「不当逮捕だ!」と叫んでいた。「こつこつやって来たんだ」と泣き落としをかけてきた。

その時には朝陽自身、たかが自転車でと思っていたが……。

なんの罪も犯していない善良な市民のあいだに犯罪者がまぎれている――その原則を朝陽は改めて嚙み締める。市民を守りたければ、市民の行動をしっかり観察しなければならない。

もしあの時、尊が自分たちの姿を見てあわてて逃げようとする岩間に不審をいだかなければ、今日も岩間はどこかの祭りで屋台を出していたかもしれないのだ。

（本当に頼られる警察官って……）

誰に嫌われても、自分の信念にもとづいて行動できる者をいうのかもしれないと思う。

「携帯電話を落としたんじゃないと言ったな？」

谷口が小さな机を挟んで岩間に問いかける。

「じゃあ遺体を二十日未明に埋めたあとは現場には行ってないんだな？」

「さっきから何度もそう言ってるだろ」

岩間はだらしなく椅子にもたれて脚を組み、手をぶらぶらさせた。

「そうか。この地図を見てほしいんだが」

と谷口が地図を広げる。

「おまえが遺体を埋めたのがここ。携帯電話が見つかったのがここ。そして、二十日、遠足に来た小学生がこのトイレに入った」

　地図を示すペン先を見る岩間の手は、もう揺れていない。

「朝の十時半頃のことだ。その小学生はトイレから戻ったあと、同級生に『この山、たけのこが採れるんだって』と伝えたらしい。おまえ、なにか知らないか」

　岩間の顔色が変わった。しかし、「俺はなにも知らない」と首を横に振る。

「十月だ。たけのこが採れるのは春だ。おかしいだろう」

「ガ、ガキの言ったことだろ……そんなん……俺となんの関係が……」

「その小学生の友人は、友達がちっともトイレから出てこないから心配していたそうだ。トイレの裏手は……この別荘地につながってるんだけどな。真っ赤な目立つ帽子をかぶっていたそうだ」

「ああ、じゃあやっぱり俺は会ってねえよ！」

　岩間がほっとしたように大声を出した。

「やっぱり？　やっぱりってどういうことだ？」

　わざとまちがった色を言い、岩間の失言を取っ掛かりに谷口は岩間を追い詰めていく。

　しかし、それから一時間の谷口の粘りにもかかわらず、結局、岩間は流星と会って会話をしたことまでしか認めなかった。

　マジックミラーのこちら側で見ている朝陽は隣室に乗り込んで自分で岩間を問い詰めたかったし、なんなら今夜は徹夜で話を聞きたいぐらいの気持ちだった。が、十九時を回ったところで、「まあまあ谷口さん、もう今日はこのへんで切り上げましょうや」と別の刑事が割って入り、その日の取り調べはそこで終わりになってしまった。

朝陽も残念だったが、尊も同じ気持ちだったらしく、憤りのこもった深い溜息をついていた。

しかし、

「ありがとう。君たちのおかげだ。ここまで来たら落とせる」

取調室から出てきた谷口の顔は意外なほど、明るかった。

南部も「まあ大丈夫だろう」と請け合ってくれたところを見ると、取り調べの呼吸のようなものが二人には見えているのかもしれなかった。

「疲れただろう。今日は特別だ。寮には消灯までに戻ってくればいい」

南部の心遣いに礼を言って、朝陽と尊は県警本部を出た。

一歩外に出ると、冷房に慣れた身体に、日没後だというのにむっとするような熱気と湿気が襲いかかってくる。

熱に包まれる感覚によけいに気が滅入り、南部がせっかく外食を許可してくれたというのに、神経が疲れて店を選ぶ元気がなかった。

「もうあそこでよくない？」

県警本部から看板が見えたファミリーレストランへと足を向けた。

同じ定食を選んだあとは、二人して黙り込んだ。

「お待たせいたしました。唐揚げ定食二つです」

会話のないテーブルに料理が届く。

「いただきます」

尊が手を合わせる。

「……いただきます」

朝陽も箸に手を伸ばした。が、空腹のはずなのに、胸が重くて、食欲が湧かない。また手を引っ込める。

どうした、と尊も箸を止めた。

「……俺が……」

口にするのはつらいが、胸が重すぎて黙っているのもつらかった。

「俺が……もっと早く、流星との会話を思い出してたら……」

胸が重いのはいまさらな後悔のせいだ。

ずっと、オリエンテーリングに入ってから、それも第二チェックポイントから第三チェックポイントへと向かうところばかり思い出そうとしていた。なにを話して、どう道を歩いていたか、谷口に話すのはそんなことばかりだった。

「十年も前のことだ。そんな会話、思い出せなくて当たり前だ」

尊は力強く、そう言ってくれる。けれど……。

「……本当は二ヶ月前、谷口さんが視察に来てすぐぐらいに思い出してたんだ。なのに勝手に、伝えるのは次に会えた時でいいだろうなんて……」

「二ヶ月早く伝えていたとしても、十年前に伝えていたとしても、捜査には関係なかった。なんの手がかりにもならなかっただろう」

　強い口調のまま、尊が言う。

「岩間が捕まった今のタイミングで伝えられたからこそ意味がある。ジャストタイミングだ」

「そうかな……」

「考えてみろ。たけのこだぞ。『たけのこ採れるんだって』、このセリフのどこに犯人につながる手がかりがある」

「それは……そうだけど」

「今がベストだった。おまえは必要な時に、必要なことを思い出せて、それを伝えられたんだ」

　胸を占めていた重苦しいものが尊のおかげでふっと抜けるようだった。

　頬(ほお)がゆるんだ。笑いの表情を浮かべるのは久しぶりな気がした。

「なんか……俺、最近、ずっとおまえに励まされてる気がする。ありがとうな」

　人を疑うことも、流星のことも。どうして尊は自分に今一番必要なことを教えてくれるのだろう、一番言ってほしいことを言ってくれるのだろう。

（やっぱり俺、天羽が好きだ）

友達だから、同性だからと押し込めていた恋心がふわりと心の表面に躍り出てくる。

尊が朱里とさくら、どちらを意識しているのか、わからない。だがかなわぬ想いとわかっていても、それで「好き」な気持ちが消えるわけではないのだと思い知らされる。

朝陽のゆるんだ頬につられたように、尊も表情をゆるめた。目元が優しくなごむ。

「俺もおまえにはずいぶんと助けられた。お互い様だ」

「そうかな」

「そうだ」

力強いうなずきにさらに頬がゆるむ。よし、と尊がうなずいた。

「食べよう。さめるぞ」

うながされて箸を手にとる。少しだけさめかけていたが、唐揚げは美味しかった。

（もしかしたら天羽と二人だからよけいに美味しいのかな）

ちらりと正面にいる尊を見る。なぜだか視線が合った。心臓が跳ねる。

「……お、美味しいな」

「ああ、うまいな」

ずっと見ていたのか、それともたまたまなのか。鼓動がはやる。一拍ごとに「好きだ、好きだ」と叫ぶように。

（ダメだろ、俺。こんな時に）

殺人事件も、流星の行方不明事件も、大きなカギを握った人物が今、取り調べを受けている。浮かれている場合じゃない。

朝陽は自分を叱った。

「そういえば、卒業試験だが」

尊が話題を振ってきた。捜査がこれからどうなるのか、本当は尊も気になっているはずなのに。

だから朝陽も気軽に見込みを話すには重い話題を避けた。そして二人は、来月に迫った卒業試験について情報交換して、その夜の食事を終えたのだった。

その三日後の土曜日。昼食を終えたあと、窓の外の照りつける日差しに、今日も暑いなとこぼしながら、朝陽は藤田と尊とそのまま食堂のテレビをぼんやり見上げていた。

週明けに立て続けに逮捕術と職務質問の検定があり、その練習のためにせっかくの休日も遊びに行かず、寮に残っている者が多かった。寮内で認められているTシャツとトレーニングパンツという服装で、みな、くつろいでいる。

一週間のニュースや話題をまとめて紹介する番組が流れていた。土日以外は携帯電話を取り上げられ、ネット環境も厳しく制限されている警察学校では貴重な情報源だ。キャスターがアメリカで大きな被害をもたらしている森林火災を解説しているところで、ピロピロン、ピロピロンとニュース速報が入った。

『十年前に行方不明になった小学六年生男児　誘拐した男を逮捕　殺害を自供』

目に飛び込んできた文字列に、朝陽は頭を殴られたようなショックを受けた。

「……っ」

声もなく尊を振り返ると、尊はどこかぽかんとした表情で、テレビ画面を見つめていた。

まずいと感じた。自分が受けた衝撃よりも、尊のほうが重い気がした。

流星がすでにこの世にいないのではないかと、どこかで覚悟はしていた。

けれど、同時に……流星は閉じ込められているだけかもしれない、救出をずっと待っているのかもしれないと、淡い期待を捨てきれなかった。

流星が岩間と出会っていた可能性を推理した時、尊は「想像だ！」と叫んでいた。

はずれていてほしかった「想像」は、しかし最悪の形で当たってしまった。

「天羽」

呼びかけたが、その声も聞こえないかのように、尊は画面を見つめている。

「やっぱり殺されてたんだ。かわいそうだね」

のんびりと藤田が言う。表情には同情がにじんではいるが、声音には他人事(ひとごと)だという気安さがある。

その時になって朝陽は、自分が藤田にさえ流星の事件のことを話していなかったことに気づいた。特別、秘密にしようと思っていたわけではない。が、高校時代も、大学時代も、そして今も、よほどのことがなければ、朝陽はあの事件の関係者だと打ち明けてこなかった。

「この県の子だよね。御山山だったっけ、いなくなったの」

「あ……」

朝陽はあたふたと立ち上がった。これ以上、藤田に事件について語ってほしくなかった。

「確か俺らとタメなんだよな。まあ生きてるとは思ってなかったけどさあ」

「十年だもんなあ。親もあきらめてるよな」

ほかのテーブルからもそんな声が聞こえてくる。

「天羽、天羽」

テーブルを回り込んで、朝陽は呆然(ぼうぜん)とテレビを見上げ続けている尊の肩をゆすった。

「行こう」

無関係の人間の無責任な発言を、尊にこれ以上、聞かせたくなかった。『いじめだろ』、ネットに書き込まれていた妄想たくましい中傷がいやでも思い出される。

「ごめん、藤田、食器、頼める？　ちょっと、急用思い出して……」

「あ、うん。いいよ」

「天羽、立てる？　行こう」

もう一度声をかけると、尊はやっとふらりと立ち上がってくれた。いつもとはまったくちがう、ふわふわした足取りの尊の背を押すようにして、急いで食堂を出た。

「天羽、大丈夫か」

廊下の隅まで尊を連れていき、その前に回り込んだ。顔を見上げて目を合わせると、まばたきを繰り返して、ようやく尊の目に光が戻ってきた。

「あ、ああ……大丈夫。それより、里崎の……」

「うん。逮捕されたって」

「くわしい話が聞きたい。県警本部……いや、その前に南部教官に会ったほうがいいな。教官室に行ってみよう」

まだショックはあるだろうに。朝陽には尊が無理にいつも通りに振る舞おうとしているように見える。

二人で教官室に向かった。

土曜日の教官室は閑散としていたが、運よく南部の姿があった。

「南部教官」

声をかけると、なにか書き物をしていた南部は顔を上げた。

「聞いたか」

「はい」

　ふーと南部は息をついてから立ち上がった。ぽんぽんと尊の腕を叩く。

「おまえが不審をおぼえて逮捕した男は連続殺人犯だった。大金星だな」

　褒められても尊はまったくうれしそうな顔を見せなかった。

「まちがいないんですか。里崎が殺されていたというのは」

「きょう午前、岩間の供述通り、千葉県の山林から子供の白骨死体が掘り出されたそうだ。まだDNA鑑定の結果は出ていないが、一緒に見つかった所持品や衣類の一部から、里崎流星くんでまちがいないだろうとのことだ」

　誰かに突き飛ばされたように、尊がふらりと一歩、後ろへよろめいた。朝陽はとっさにその腕を摑む。

　南部が気の毒そうな視線を向けてくる。

「さっき、谷口から電話をもらってな。君たちによく礼を言ってくれと伝えられた。犯人逮捕もだが、たけのこが突破口になったと」

「たけのこ……」

　思わず朝陽はつぶやいた。喉がふさがって、なぜだか震えるような声になってしまう。

「たけのこの、せいで……流星は、殺されたんですか？　たけのこが採れるんだってって……たった、たったそれだけだったのに……」

あまりの理不尽さに心がねじ切れそうだった。悪魔の手で心をぞうきんのように引き絞られているようだった。つらい。

南部が短く、しかししっかりと首を横に振った。

「ちがう。たけのこがどうこうじゃない。落とした証拠品を探していたところで顔を見られた、だから殺したと岩間は供述している。一人になるところを、ずっと林の奥からうかがっていたと」

「……俺の……せいだ……」

聞き取れないほどの小声だった。尊が能面のような顔で一点を見つめている。

「俺の……」

「谷口から聞いたんだが」

やはり強い声で南部が続けた。

「里崎くんがいなくなったあと、全員で中央広場に戻り、教師に報告しようと言ったのは君だそうだね」

尊の視線がゆらゆらと南部へと戻る。

「大正解だった。岩間は里崎くんを背後から襲って林に引きずり込んだ。ところがそこで、ほかの生徒たちが戻ってきた。岩間はナイフを持っていたそうだ。見つかったら、その子供たちはその場で殺すしかない、そう思いながら、里崎くんに覆(おお)いかぶさり、地面に伏していたと」

十年前の正解を明かされても、尊はやはり表情を変えなかった。焦点が結びきれていないような目が南部に向けられている。

そんな尊に言い聞かせるように、南部は真剣な面持ちで尊に向かってうなずいた。

「君は、みんなを助けたんだ」

「………」

「岩間は送検されて二件の殺人罪で起訴されるだろう。君たちの手柄だ」

手柄だと言われても、うれしさなど微塵もなかった。

なんと言って南部の前を辞したのか、朝陽はおぼえていない。

殺されていた。殺されていた。流星は殺されて、埋められていた。

もうこの世にいないかもしれないとは何度か考えた。けれど、死体が見つかった、殺した犯人が存在したという事実はあまりに重い。「もしかしたら」と逃げる余地を残さない、冷酷な事実。

同じように事実の重さに打ちのめされているような尊とともに、ふらふらと廊下を歩いた。

「……みんなに、なんて伝えよう……」

朱里やさくら、小六の同級生たちの顔が浮かぶ。みんな、速報に気づいただろうか。くわしいニュースが流れるのはこれからだろう。でも遺体が見つかり、やっと流星が親のもとに帰れることはみんなに早く知らせてやりたい。そうだ、犯人を捕まえたのが尊だということも。

頭が少しだけ動き始めた。

土曜日で、携帯電話は寮の部屋に置いてある。

「一度、寮に戻ろうか」

尊はなにも返事をしなかったが、朝陽と一緒に寮への渡り廊下を渡った。

「じゃあ……みんなには俺から……」

自分の部屋の手前で足を止めると、尊は「ああ、頼む」と初めて口をきいた。

「あ……」

そのままふらっと、尊は自分の部屋のほうへと進む。

『俺たち、今、一緒にいたほうがいいんじゃないか。よかったら、俺の部屋に』

その背に手を伸ばし、そう言いかけて、朝陽はためらった。

一緒にいたほうがいいような気はするけれど、尊は一人になりたいかもしれない。あの事件に同じ立場でかかわった二人だからこそ、今は一緒にいたいけれど、それは自分の勝手な思い入れかもしれない。

そう思いながらも、尊が部屋のドアを開き、中に入ってふたたびドアが閉まるまで、朝陽は自分の部屋の前から動けなかった。尊が振り返り、「少し話そう」と言ってくれるのではないか。「一緒にいてくれないか」と言ってくれるのではないかと期待して。

ぱたりとドアが閉じ、期待が消えて、朝陽は小さく溜息をついた。

ショックを受けた時のやりすごし方は人それぞれだ。尊が一人になりたいなら、その気持ちを尊重したい。

そして、朝陽が自室のドアノブに手をかけた時——。

叫びが聞こえた。

わああ、とも、うおお、とも聞こえる、獣の咆哮（ほうこう）のような短い叫びが。同時に、机でも叩いたのか、バンという大きな物音も。

「あ、天羽⁉」

朝陽は尊の部屋のドアに飛びついた。ノブを回すのももどかしい思いで、急いでドアを開く。

尊は崩れるようにベッドに座り込むところだった。

握った両手に顔を伏せ、そのまま動かなくなる。

「天羽……」

「……っ……っ」

近づくと、その肩が小刻みに震えているのがわかった。息が乱れているのも。

（泣いてる？）

必死に押し殺しているのか、声は聞こえない。けれど、震える肩と、引きつるような息遣いは泣いている人のものだ。

尊が泣いている。いつも憎たらしいほど冷静で、感情的にならない尊が。教場で一番、勉強ができて、運動もできて、みんなに煙たがられながらも、頼られている尊が。

朝陽はどうしていいかわからず、しばし呆然とその場に立ちつくした。

尊が泣いているという事実にとまどうばかりで、泣いている尊にどう声をかければいいのか、わからない。

肩の震えがだんだん大きくなり、息遣いに押しひそめた短い声が混ざるようになるのを、朝陽はなにもできず、見ていた。やがて、こぶしから溢れた涙がぽたぽたとトレーニングパンツの太ももに垂れだした。

このまま一人で泣かせていてはいけない。

そう思った時に、やっと身体が動いた。

「……天羽……隣、いい？」

声をかけて隣に座る。

「天羽、天羽」

濡れたこぶしで隠された顔をのぞき込む。

「天羽、泣かないで」

言ってから、もっとマシなことは言えないのかと自分に突っ込む。

「……流星……やっと家に帰れるんだよ？　犯人も捕まって……その犯人を捕まえたのが天羽だったんだから、流星、絶対喜んでるよ」

尊の首が激しく振られた。もう抑えきれなくなったのだろう、うーっと泣き声があがる。

「……俺の、せい、だ……」

涙に濡れた、聞いているこちらの胸が痛くなるような声だった。

「俺が、もっと……しっかり……班長、だったのにっ……」

これまでに行方不明は尊の責任じゃないと何度も伝えたのに。

尊の胸に巣食う罪悪感と自責の念の根の深さを見せつけられる。胸が痛くなった。

「ちがう。天羽のせいじゃない。誰のせいでもないよ。俺たちは誰も悪くない。誰のせいでもないよ。さらおうと思ってずっとつけられてたんだ。避けられるわけがなかったんだよ」

心からそう言った。

しかし、尊はまた首を横に振った。

「あの、時……あの時、みんなで、騒いで……すぐに、探してたら……四人も、いた……犯人、は、里崎を、置いて……逃げた、かも……里崎が、たす、助かる……チャンスだ、かも……」

「なに言ってるんだよ！」

もどかしくなって、朝陽は大きな声を出した。

「さっき南部教官から聞いただろ！　犯人は俺たちに見つかったら俺たちを殺すつもりだったって！　大人を呼びに行って、正解だったんだ！」

これまで朝陽のなかには、「でもあの時、すぐに探していれば」という思いが、どうしても残っていた。過ぎた時間は巻き戻せない。「ＩＦ」は永遠に「ＩＦ」のままで、だから人は選べなかった、選ばなかった道に未練を残してしまう。

けれど、今はちがう。

朝陽が主張したように、もしあの場で子供だけで林に踏み入って流星を探していたら……。

誰かが傷つけられていた。殺されていたかもしれない。南部が言うように、尊の判断が正解だったのだ。それに――。

「俺たち、いろんな災害現場を想定して、いろんな救助の仕方を学んできたよな。俺がプールで危なかったみたいに、『助けたい』って思いだけで突っ走ったら二次遭難や二次被害が起きてしまう。救助は救助者の安全を確保してから。鉄則じゃないか」

理論からも、あの時の尊は正しかったのだと今ならわかる。

そんな朝陽の言葉にも、しかし尊はまた首を横に振った。

「俺が……お、れが……おれの、せいで……っ」

（え？）

その時、朝陽は泣いている大きな尊のなかに、小さな尊を見つけて目を見張った。

小学六年生の、クラスで一番背が低かった尊が。肩を震わせて「ぼくのせいだ」と泣いている――一瞬だったが、朝陽には確かに小学生の尊が見えた。

「天羽のせいじゃない！　天羽は悪くないよ！」

たまらなくなって、朝陽は尊の背中を抱いた。前からも腕を回して肩を抱く。

「天羽は立派な班長だったよ。天羽が班長だったから、俺たちはみんな助かったんだ。おまえは絶対、ぜーったい、悪くない！」

必死だった。

あの場で一緒にいた朝陽には痛いほどに尊の悔いが理解できる。

だからこそ、その後悔の沼から、なんとか尊を引き上げたかった。

「俺たちは、子供だったんだ……」

いつの間にか、朝陽も泣いていた。自分の声が泣き声になっていて、朝陽は自分の頬を濡らす熱いものに気づく。

「俺たちは、子供で……大人の、悪い人に目をつけられたら……逃げられなかった……流星、流星は……っ」

嗚咽(おえつ)をこらえて、朝陽は続けた。

「りゅうせ、かわい、かわいそうだ、けど……しかた、なかった！　狙われて……でも、天羽が、天羽が、班長だったからっ、おれ、俺たちは、たすか、助かったんだ！」

もうこらえきれなかった。

朝陽はわあわあと声をあげ、尊をかかえて泣いた。そして……いつの間にか、尊も。

こぶしを下げ、天を仰いで、声をあげて尊も泣いた。

流星、ごめん。助けてあげられなくて、ごめん。

怖かったよな。苦しかったよな。

ごめん。ごめん……。

流星を見舞った不幸がつらくて、悲しくて、申し訳なくて、そして同時に、友達を理不尽に奪われ、それなのに自分を責めずにいられなかった子供が哀れで、どれほど泣いても足りなかった。

どれほどそうして二人で子供のように泣いていたのか。だんだんと声が小さくなり、しゃくりあげる頻度が減っていった。

泣くのは体力を使う。荒ぶる感情にまかせて大声で泣けばなおさらだ。疲れて、しおれて、どちらからともなく、頭をもたせ合った。

「……喉が……からからだ……」

すん、と洟(はな)をすすって尊がつぶやいた。うん、と朝陽はうなずいた。

「それに、泣きすぎて、喉が痛い」

尊の肩を抱いた朝陽の手に、尊の手が重ねられた。

二人とも、泣きすぎて目は真っ赤で、鼻まで赤かった。頬も涙でべとべとだった。そのなんとも情けない顔を至近距離で見つめ合って、小さく笑った。

「……ひでえ顔。イケメンだいなし……」

「おまえだって。可愛い顔がだいなしだ」

本気で驚いて、朝陽は顔を引いた。

「なに言ってんだ。か、可愛いわけないだろ」

それについては尊は薄く笑っただけで、もうなにも言わなかった。

かわりにまた、こつりと額を合わせてくる。

「……ありがとう」

静かで、思いのこもった声だった。

「おまえがいてくれて、よかった」

ストレートな感謝の言葉に、朝陽は照れた。

「な、なにをいまさら……」

目が合った。

ああ、と朝陽はあきらめにも似た気持ちで思った。俺はやっぱりこいつが好きだ——。

いつものカッコいい、クールな尊ではない。激情もあらわに大声で泣き、涙でどろどろの顔で、鼻を赤くした尊を見ても、やはり好きだと感じてしまう。

見つめ合ったまま、視線がはずせなくなった。

どれほどそうして見つめ合っていたのか。やがて、ふっと尊の目線が下へと流れた。

唇のあたりに視線がさまよう。

それだけだったのに。

二人のあいだの空気が変わった。

朝陽は尊の目を見つめていた目を、なぜだか伏せた。そうせずにいられなかった。

そして——そんな朝陽の唇に、そっと尊の唇が重ねられた。

柔らかい、重ねるだけのキスだった。

＊＊＊　7　＊＊＊

週が明けた月曜日は臨時の全校集会で幕を開けた。

壇上にいる校長に呼ばれ、朝陽(あさひ)は尊(たける)とともにステージに上がった。表彰のためだ。

その日の朝食の席で、助教官から尊とともに連続殺人犯逮捕の功績で表彰されると聞いて、朝陽はあわてた。

「俺、俺はなにもしてませんから！　天羽(あもう)が、天羽がすごかっただけで……！」

と固辞しようとしたが、

「謙遜(けんそん)するな」

笑われて終わりだった。

「署に連絡して応援を要請したのはおまえだったんだから、いいだろう」

尊は「当たり前だろう」という顔だったが、現行犯逮捕に反対だった自分が表彰されるのはなにかちがう気がしてならない朝陽だった。

とはいえ、上からの表彰決定に異議を唱えるわけにもいかない。

二人一組で行動するという原則にのっとっていただけなのにという忸怩たる思いをかかえてステージに上がり、朝陽はくすぐったくなるような賞賛の言葉を聞いた。

「すごいな」

「おめでとう」

教場では同級生たちからも祝いの言葉をもらい、そのたびいちいち、「いやあれは天羽が」と訂正した。そのなかで、

「でっかい点数稼ぎができてよかったな」

と、あからさまな嫌みを言ってきたのは花岡だった。

「たまたま捕まえたコソ泥が二人も殺してたなんてラッキー、そうそうないだろ」

「っ」

聞き捨てならなかった。

流星にかかわることで、たとえやっかみから出た言葉であろうと「ラッキー」とは言われたくない。

しかし、抗議のために朝陽が一歩前に出るより早く、尊が花岡の前に立った。花岡の胸倉を摑み上げる尊に、教場が静まり返る。

「もういっぺん言ってみろ」

低く、地を這うような声だった。

「天羽、やめろ」

尊が今にも花岡を殴りそうで、朝陽はその腕を掴んだ。

いつもの尊と今の尊はちがう。

流星の死を知って二日。表面的には尊はもう動揺を見せないが、あれほどの感情の波がそれほど早く凪ぐとも思えなかった。

こんなことで暴力沙汰を起こさせたくない。花岡を殴るなら俺が殴るから――そんな気持ちで止めたのだったが……。

「じゃあ、本当に、殺されたのはおまえたちの同級生だったのか」

花岡の問いに、尊の目が見張られた。朝陽もだ。驚いて花岡を見つめる。

花岡は真顔だった。そっと、自分の胸倉を掴む尊の手をはずさせる。

「親父に聞いたんだ。当時、同じ班で一緒に行動していた児童がおまえらだったたって」

三人の背後で教場がざわめく。

そっと息をついて、朝陽は花岡に顔を向けた。

「……本当だよ。流星は、俺たちの友達だった」

「そうか。……殺された子は、気の毒だったな。けど、その子、おまえらに捕まえてほしかったんじゃないか、犯人」

「え……」

「もとは自転車の借りパクだったんだろ。これも親父が言ってたんだけど、あるらしいぜ、そういうの。ガイシャの思いとしか考えられないような偶然で事件が解決することがあるって。でなきゃそんな偶然、そうそうないだろ」

朝陽は尊と顔を見合わせた。——本当だろうか。これは流星が望んでくれたことだったんだろうか。

だとしたら、うれしいけれど。

「ま、これで卒業生代表が決まったわけじゃないからな。こっからは絶対おまえに負けねえ」

尊の胸元に人差し指を突きつけて、花岡は「ふん」と踵（きびす）を返す。

（素直じゃないなあ）

入学当初は強い上昇志向の持ち主で、嫌みばかりの男だと思っていたが、そうばかりでもないのはもう知っている。「案外、いいやつだな」などと言ったら機嫌をそこねるだろうか。

ふっと息をついたところで、視線を感じた。

尊にじっと見つめられている。

「あ……せ、席につこうか」

視線を避けるようにそそくさと離れた。

（あー……これ意識しすぎてるように思われるんじゃ）

もっと自然体で振る舞いたいのに、どうしてもぎこちなくなってしまう。

一昨日、尊とキスをした。

二人とも感情が乱れていた。その勢いだったのはわかっている。その証拠に、あれから尊は時々視線を向けてくることはあるものの、なにも言ってこない。

(心配しなくても、なかったことにしてやるのに)

唇を重ねるだけのキスだった。それで勘違いなどしないと伝えたい。

あの時は二人ともひどい状態だった。ショックで、悲しくて、やるせなくて……。

自責の念が強かった分、尊のほうがひどい状態だったから、なんとか慰めたかった。その気持ちに尊は流されただけなのだとわかっている。

(好きなのは、俺だけだから)

キスのあと、尊は顔を伏せて、「ありがとう」とつぶやいた。

『もう大丈夫だ』

と。

特別な感情を告げる言葉はそこにはなかった。

正直に言えば、寂しかった。がっかりもした。ほんの一瞬、浮かれた自分がバカみたいだとも思った。

しかし今は、あの状況のキスに一瞬といえどときめいた自分がまちがっていたのだとわかっている。尊への態度が時にぎこちなくなってしまうのも早くやめなければ。

（あれは慰め合ってた上での勢いだから）

そう自分に念を押し、朝陽は教場に入ってきた教官に神経を集中する。

警察学校も残すところ一ヶ月半だ。もうすぐ盆休みに入る。あけたらもう、卒業試験まですぐだ。これまで通り、尊への気持ちは封印しておこう。

そう心ひそかに決めた朝陽に、

「盆休みの一日目、予定あるか」

と尊が尋ねてきたのは、休みの二日前のことだった。

やっと朝陽も尊相手にごく自然に振る舞えるようになってきていたところだった。

「いや？　両親は本家に盆の挨拶（あいさつ）に行くらしいけど、俺と晴菜（はるな）は留守番だから」

「そうか。もしあいているなら里崎（さとざき）が眠っていたところに、一緒に花を供えに行かないか」

はっとした。

「それ！　それいいな！」

なぜ思いつかなかったのか。

流星の両親からは学校経由で、感謝の言葉とともに今月末におこなう葬式の知らせをもらっている。最後の別れにはなるべくたくさんの人に来てほしいという言葉がなくても、当然参列するつもりだった。が、長いあいだ流星が一人で眠っていた場所に花を供えるのは別の意味で大事な気がする。

「行くよ、もちろん！」

二つ返事で承諾してから、東京都を縦断して千葉県に行くなら半日は一緒に行動することになると気づいた。しかも尊の車で行くという。

(大丈夫だ)

自分に言い聞かせる。

もうずっと、尊への恋心を自覚してから、その気持ちを押し殺してきた。短いキスに、ほんの少し、その封印が揺らいだけれど、もう大丈夫。また同じように押し込めておけばいい。

(俺と天羽は、流星の友達で、幼馴染みで同期生だ)

それを忘れなければいいと、朝陽は自分に向かって繰り返した。

当日はやはり暑さの厳しい日になった。バスで一本の尊の家まで行き、そこから尊の運転で出発した。

車中、最初は会話がはずんだ。普段聞くのはクラシックという尊が、カーオーディオに録音してあるのはごりごりのハードロックだという意外性について騒ぎ、次は朝陽が実はいまだに日曜朝のライダーものを見ているというので盛り上がった。

が、車が東京都と千葉県の境を越え、田畑地帯に入り、目的の山が近づくにつれて、二人とも口数が少なくなった。

神奈川の家からあまりに遠く、そしてあまりに寂しい場所だった。

バイパスになっている道の両側はもう田畑もなく、ゆるい斜面から木々が突き出している。

さらに山間の道へと入った。登りが続く。

「このあたりか」

尊がつぶやいたところで脇道が見えてきた。もう車が一台通るのがやっとの幅の山道だ。

落ち葉に覆われている小道をしばらく行くと、木立の中に黄色い規制テープが見えてきた。

すれちがうための待避スペースに駐車し、車から降りる。

静かな場所だった。民家の影も見えない。

道のきわから規制テープが張られているところまではゆるやかな斜面になっていた。尊とともに、無言で斜面を下りた。

流星の家族や親戚がすでに来たのだろう、規制テープの下に、すでに花束がいくつか置かれていた。子供が喜びそうなお菓子やペットボトルもある。

「あ、お菓子……持ってくればよかった」

「そうだな……」

「お葬式の時にはたくさん、用意していこう」

「そうしよう」

それだけの会話にも鼻の奥がツンとしてくる。あれだけ泣いたのに、まだ足りないらしい。

規制テープの向こう側に、掘り返された黒土が山になっていた。

手を伸ばし、その盛り土のきわに花束を置く。

膝をつき、両手を合わせた。

「俺……警察官になったよ」

小さな声で報告する。

「流星がいなくなって、たくさんたくさん、警察の人にお世話になったんだ。それで……今度は俺が、困った人を助けたり、守ったりしたくて……警察官、目指したんだ」

流星。もし生きてたら、おまえはなにになりたかった?

無惨に断ち切られた未来を思うと、こらえていた涙がこぼれた。

「俺、がんばるよ。二度と、子供たちに、あの時のおまえや、俺たちみたいな思いをさせないように……俺、がんばるから……」

すんと洟をすする。

「十年も、待たせない」

隣から低い声がした。

「そのために、俺も警察官になった。もし、おまえみたいな子が今度現れたら……絶対に十年も、待たせないからな」

強い意志のにじむ、宣言だった。

警察官を頼もしいと感じ、憧れて警察官を志した自分と、今の警察は頼りにならない、だから自分が警察官になってしっかりと頼れる存在になるんだと警察官を志した尊。最初は同じ状況から真逆の志望動機なのかと驚いたけれど、目指す先は寸分とちがっていない。

脅威や不安から人々を守れる存在になるために、自分たちは警察官を選んだのだ。

「だから、里崎……あの時、おまえを守れなかった俺を……許してくれ」

「だ……」

泣きたいのと、怒りたいのと、笑いたいのが同時にきて、朝陽は変な声になった。

膝をついたまま、尊のほうへ身体を向ける。

「だーかーら！　あやまられたって流星、困るだけだって！　なにもおまえのせいじゃないのに！　もうやめろよ、そういうの！　次にそういうこと言ったら、俺、本気で怒るぞ！」

その時だった。

ひらひらと一匹の蝶が尊と朝陽のあいだに飛んできた。

黄色い羽に薄茶色の斑点があり、そして羽の縁がピンク色の小さな蝶は、「まあまあ」と言うように、最初、朝陽の前を二度三度と往復し、そして、尊の鼻先に止まった。

羽を閉じて、広げて、からかうようにも、挨拶をしているようにも見えた。

「流星……？」

朝陽が呼びかけると、蝶はまたひらひらと空へと舞い上がる。目で追ったが、木漏れ日がまぶしくて、一瞬、目を閉じているあいだに蝶の姿は消えてしまった。

「里崎……」

蝶が消えていったあたりを見つめて、尊がつぶやく。その目からつーっと涙がこぼれた。

うつむいて目頭を押さえる尊の肩に手を置き、朝陽も静かに涙を落とした。


涙をぬぐうと、とてもすがすがしい気持ちになっていた。言葉はかわさなかったが、尊も同じだったのだろう、最後にもう一度、掘り返された場所を見つめる尊の表情はなにか憑き物が落ちたようにいやな翳りがなくなっていた。

斜面を登り切ったところで、朝陽はもう一度背後を振り返った。

今日ここに、尊と来ることができてよかったとしみじみ思う。二人で来たからこそ、流星も挨拶に来てくれたのだろう——。

思いは尽きない。けれど、この痛みも、後悔も、悲しみも、丸ごとかかえて、自分たちは警察官としてやっていくのだ。

(流星、見ててくれな)

最後にもう一度、胸のなかで呼びかけて、踵を返した。

「そろそろ昼だな。昼、どうする、なに食べる？」

車に戻ったところで尋ねた。朝陽は助手席側のドアのそばで立ち止まったのだが、なぜだか尊は運転席側に戻ろうとせず、朝陽と向き合う位置で足を止めた。

なんだ？　と見上げると、どこか緊張した様子の尊と正面から目が合う。

「ここで、里崎に俺の覚悟と詫びを伝えたら……おまえに言おうと思っていた」

強い目線にたじろぎつつ、

「なにを？」

と朝陽は小首をかしげた。これからも一緒にがんばろうとか、そういう話だろうと思いながら。しかし――。

「この前、キスしただろう」

ぎくりとした。

あれは互いの感情が高ぶった末の事故のようなものだったと片付けていた。まさかここで蒸し返されるとは……。

「した、けど……」

したのは事実だ。顎を引いてうなずく。よし、と尊もうなずいた。

「ああいうことは互いへの好意がなければおこなわれない行為だと思うが、もし、俺が勘違いしているなら……その……ああいや」

尊は額を押さえると、今のは取り消しだというように手を振った。

「こういう言い方は卑怯だな」

言い直す、と尊がまた視線を向けてくる。真剣で、まっすぐな視線に、朝陽の心臓はどきどきし始める。――もしかしたら……もしかしたら……と。

「俺は、おまえが好きだ」

真摯で、なんのてらいもない、ストレートな声音で告げられる。さらに、

「友達としてじゃない。恋愛として、だ」

とても大切な一言が付け加えられた。

あまりにうれしいことがあると、人は喜ぶより先にそれが現実だとは思えないことがある。

今の朝陽がまさにそれだった。

ずっと封印してきた尊への気持ち。同じ気持ちを、まさか尊がいだいてくれていたなんて。

「な、なに言って……」

ドキドキしすぎて、どうしていいかわからない。

あまりに幸せでうれしくて、信じてはいけないような気がしてしまう。

「おまえ……それ勘違いだよ、ほら、吊り橋効果的な。ここんとこ、展開がハードだっただろ。

それで……ずっと俺と一緒にいたから、勘違いして……」

言いながら、これではいつものパターンだと頭が警鐘を鳴らしてくる。けれど目の前に差し

出されたものを手にするのが怖くて、どうしても茶化してしまう。

だが、尊に揺らいだ気配はなかった。その眼差し(まなざし)は変わらずまっすぐだ。

「確かにおまえとは同じ経験を共有した連帯感がある。同じ道を志す仲間でもある。だが、おまえへの気持ちはそういうものとはちがう。俺はおまえが好きだ。おまえと、恋愛的な意味でつきあいを深めたい」

理路整然と、しかも熱い瞳で気持ちを告げられる。

「な、なに言ってんだよ……」

と逃げても、

「だからおまえに告白してる」

しごく真面目(まじめ)に答えられた。

茶化しても逃げても、尊は揺らがない。好きだと言われている——その事実に胸が高鳴る。

もう抑えなくていいのか。隠さなくていいのか。

「いろいろとハードルがあるのはわかっている。警察学校では生徒間の恋愛は禁止されているし、なにより俺とおまえは同性同士だ。だが一度、本気で考えてくれないか」

「考える……?」

なにをだろうとおうむ返しに返すと、尊はふっと口元をゆるめた。苦笑が浮かぶ。

「もし、答えが決まっているなら……今、答えてくれてもいい。告白した以上、どんな答えが返ってきても受け入れる覚悟はできているつもりだ」

　そこで尊は一つ、うなずいてみせてきた。

「ネガティブな回答でもいい。おまえの本心を受け止めよう。もちろん、おまえの回答次第でここに置き去りにするなんてことはしない。最寄りの駅まではきちんと送り届ける」

　まっすぐな視線とまっすぐな言葉に、朝陽は一度ぎゅっと目を閉じた。涙が出そうだ。

「……ホントに？　本当に、おまえ、俺のこと……」

　かすれる声で確かめる。

「本当だ。本当に俺はおまえが好きだ」

　全身が熱くなって、心臓が破裂しそうに早鐘を打つ。

「い、いつから……？　いつから、その……」

　好きだったんだ、という言葉が恥ずかしくて口にできない。

「俺のこと、そういう目で……」

「おまえにおまえと俺は幼馴染みだと言われて……恨まれていたわけじゃないと知った時に、ひどく胸がざわめいたんだ。意識しだしたのは多分、その時からだ。おまえといろいろ話すようになって……俺はおまえにならなんでも話せると感じた。おまえはいつも俺の気持ちに寄り添ってくれて……」

　そこで言葉を切って、尊は少しはにかんだように笑った。

「みっともないところも、情けないところも、俺はおまえの前でさらけ出せた。おまえしかいないと感じた。だから……里崎の前で、おまえにきちんと伝えたかった」

朝陽はもう一度目を閉じた。尊の気持ちが痛いほどに伝わってくる。

「今ので答えになっているか」

「……なってるよ……」

どうしよう。

驚きも、照れくさいのも、全部飛んで、今はうれしい。じっとしていられないような、もだもだと手足をばたつかせたいような、とても落ち着きのない、甘い感情。

胸の奥から湧き上がってくる甘くて狂暴な感情に叫びたくなる。

答えはもう決まっている。ずっと前から。

「……返事、今する」

さすがに緊張するのか、尊がこくりと唾を飲む。

「俺も、おまえが好きだ。もうずっと前から……」

気づいた時から、押し殺すことばかり考えてきた恋心だった。今の関係を壊したくなくて、気づかれてはいけないとそればかり考えてきた。

でももう隠さなくていい。同じ気持ちだったのだから。

湧き上がる感情のままに、朝陽は叫んだ。

「俺もおまえのこと、ずっと好きだ」

次の瞬間、朝陽は尊に抱き締められていた。


「日野(ひの)……日野……」

名を呼ばれて、唇を唇にこすりつけられる。

乱暴に押し当てられていたそれは、すぐに柔らかく朝陽の唇をついばむ動きに変わる。

ちゅ……ちゅ……。

愛(いと)おしくてたまらぬもののようについばまれ、ふっと息をついたと思ったら、今度はゆるく吸い上げられた。

ひとしきり、そうして朝陽の唇を味わって、尊はやっと少し腕をゆるめた。

「……うれしい」

短い言葉に真情がこもっている。

その目を見つめ返そうとして、恥ずかしくて、朝陽は顔を伏せた。

「俺の恋人になってくれるのか」

「うん……なりたい。……でも」

顔を上げる。

「おまえ、ホントに俺でいいの？　俺、男だよ？　おまえなら……」

「おまえがいい」

柔らかい笑みとともに、そう返された。

「一緒に食事をしたり、いろんなところに出掛けたり、こうして……抱き合ってキスしたり、そういう関係になるのは、おまえがいい」

言葉も甘いが、見つめてくる目も甘い。これまでも何度も見ている瞳だが、こんな蕩けそうな色は初めて見る。うっとり、と言ってもいいかもしれない。口元に浮かぶ笑みも優しそうで、朝陽は自分の身体の芯がその甘さにとろとろと溶けていきそうな感覚をおぼえた。

そうだ。自分はこんなふうに尊に見つめてほしかったんだと、意識の下で望んでいたことが初めて心の表面に浮かんでくる。

「おまえは？」

顎を指の背で持ち上げられた。――こんなキザなことをするやつだったのか。

「おまえこそ、本当にいいのか」

恥ずかしさが込み上げてきた。

「し……仕方ないだろ。おまえ、また泣いたら困るし」

ああ、またやったと、言った直後から後悔する。照れ隠しにもほどがある。

だが、尊の笑みは翳らなかった。傷ついたように瞳が揺れることも。

「俺が泣けるのは、おまえの前だけだ」

「っ……」

斜に構えて半歩引いたのに、逆に正面から攻め込まれる。

顔が火を噴くように熱くなった。赤くなっていませんようにと祈ってもムダなほどに。

「もう一度、キスしてもいいか」

「す、好きにしろ」

そう返すのが、朝陽には精一杯だ。

ふたたび顔が寄せられてきた。自然に目を伏せると、柔らかく唇が重ねられた。

軽くこすり合わされて、ちゅ、ちゅっと吸い上げられた。

「…………」

唇が離れ、一度、至近距離で目が合った。指で唇をなぞられる。

なにを望まれているのか、なぜだかその動きだけで伝わってくる。

次に唇が寄せられた時には、だから朝陽は薄く口を開いていた。唇を受け入れ、そして、舌を受け入れる。

「……っ……」

尊の舌がするりと口中に入ってきた時に、ディープキスは初めてではないのに、ぞくぞくと背中に震えが走った。

舌に舌を絡められ、よく動く舌に、まるでソフトクリームを舐めとるかのように口中を探られた。

普通にものを食べる時にはどんな食感のものでもそんなふうにならないのに、なぜ、尊の舌にまさぐられると、頬の内側も、上顎も、こんなにくすぐったいような、もどかしいような気持ちのよさが走るのか。

わからないままに、濃厚なキスを受けているうちに身体の芯から力が抜けていく。

女の子相手に自分からおずおずと仕掛けるのとはまるでちがう、自分が味わわれて、受ける側になるキスは頭が白飛びするほどに気持ちがよくて、身体が蕩けていく――。

（まずい……これ……）

ふらりと一歩下がると、車のドアに背が当たった。これ以上、逃げられないところで、後頭部を手で支えられた。執拗な唇と舌に口腔をいいように貪られる。

「……あ、……ん、も、もう……んふ……」

頭がふわふわして、膝から力が抜けた。キスされながら、吐く息とともに色っぽい声が喘ぎのようにあがってしまう。

自分の耳にさえ甘くいやらしく聞こえたその声は尊にはどう聞こえたのか。

キスはいっそう熱心なものになり、

「朝陽……好きだ」

合間に漏らされる声はうわずって聞こえた。

(今、朝陽って)

名前を呼ばれたことにどきんとする。かくりと膝から力が抜けた。

「あ……」

車のドアに背を預けて、朝陽はその場にずるずるとしゃがみ込んだ。なのに尊の唇が追ってくる。

「あも……天羽、もう……」

しゃがみ込んでも続くキスに息が上がる。どうにかなりそうで、どうにかしてほしくて、おかしくなりそうだった。

このままでは本当にまずい。

今、ここで押し倒されたら、きっと抵抗できない——その危機感に、朝陽はなんとか尊の胸を押しやった。

「ま、待って……」

「……すまない」

やっと唇を解放してくれて、尊は朝陽の額にこつりと額を当ててきた。背が腕に回り、抱き締められる。

「こんな……こんながっつくつもりじゃなかったのに……止まらなかった」

熱くなりすぎたと詫びられた。

愛おしげに頬を撫で、尊は少し潤んだような瞳で見つめてくる。

「本当は……今日は告白だけで……もしおまえにイエスの返事をもらえても、卒業までは……ちゃんと警察官として勤務できるようになるまでは……けじめをつけるつもりだった」

婉曲な表現だったが、気持ちは伝わってきた。辞令をもらうまで、そして、きちんと流星にそのことを報告できるまで、自分たちが集中するべきは「卒業」だ。

うん、うん、と朝陽はうなずいた。

「ホントの恋人になるのは……流星にきちんと報告できてから……だな」

あの事件がきっかけで警察官を目指した、それが自分たちのけじめだと朝陽も思う。

ああ、と尊もうなずく。その頬に苦笑が浮かぶ。

「なのに……ダメだな。知らなかった。……好きな相手にキスしただけで……こんなに気持ちが高ぶってしまうものなんだな……」

「天羽……」

いつもクールな尊が自分の激情にとまどっている——それがうれしい。だから正直になれる気がした。

「……俺も」

小さな声で告げる。

「こんな……自分がこんなになるとは思わなかった」

キスされているあいだに力が抜けて座り込んでしまうなんて。

そんな自分たちがうれしくて、おかしくて、笑みが漏れた。尊も笑う。

そうして二人は抱き合ったまま、しばらくくすくすと笑っていた。


その日は少し遅くなったランチをすませて、海岸線をドライブした。

「前から思っていたんだが」

と尊に切り出されたのはその途中だった。

「おまえ、俺のことは名字で呼ぶだろう。昔から」

「あ、ああ……そういえば」

あまり意識していなかったが、そう言われればそうだ。

「たける、は呼びにくいか」

「いや、そういうわけじゃ……」

少しばかりあわてる。

「なんていうか、ほら、天羽はずっと学級委員やってたりしたから……かな」

ちょうど赤信号で止まった。

「名前で呼んでもらえないか。俺もおまえを名前で呼びたいんだが」

　山中でキスした時に「朝陽」と呼ばれたが、もしかしたら無意識だったのか。改めて了解を求められて、頬が火照ってくる。

「……改まると……なんか照れるな……」

「あさひ」

　先に呼ばれては返すしかない。

「たける」

「朝陽」

「尊」

　信号が青になった。尊がふたたび前を向いて車が動きだす。

　ちらりとこちらを見て尊が言う。柔らかな微笑(ほほえ)み付きだ。

「朝陽、好きだ」

　――もしかしたら、この優しい微笑みと眼差しは「恋人」相手にはデフォルトなのだろうか。うれしい、うれしいけれど、身が持たないかもしれない。

「……俺も、好き……」

　車中に甘い空気が満ちた。

（まずい、これは絶対にまずい）

足元がふわふわとして、いくら足裏に力を込めても床を踏んでいる実感がなかった。

いわゆる大人のキスとそれ以上の行為は卒業までおあずけにしよう。そう決めた時には少し寂しい感じもしたが、会話と視線だけでも十分かもしれないと思う。

夏の長い一日が終わり、暗くなり始めた頃、家に着いた。

ほとんど一日一緒にいたのに、車から降りるのが名残り惜しい。

尊も同じ気持ちなのか、座席に置いた手を握られた。

「………」

握る手にきゅっと力が込もる。キスの代わりに、朝陽からもきゅっと握り返す。

離れがたくて、いつまでもこうしていたかった。しかし、ここは地元だ。それこそ幼稚園や小学校からの顔見知りが角を曲がってやってきてもおかしくない。いつまでも車の中で見つめ合っていたら、おかしく思われる……。

「……じゃあ」

朝陽は短く別れの言葉を口にした。ゆるんだ尊の手からそっと手を抜く。

「……ああ。また、連絡する」

「うん」

もう一度、視線を絡め合わせてから、朝陽は車を降りた。

「気をつけて帰れよ。今日はありがとうな」

家族に聞かれてもかまわない別れの挨拶を少し大きな声で言い、ドアを閉めた。

あと三日ある盆休みは互いにほかに予定があって、休み明けに寮に帰るまではじかに会えないのが残念だった。

朝陽は車が角を曲がるまで、門の前から動けなかった。


尊に会えなかった短いようで長い休みが終わり、初めて朝陽は寮に戻るのが楽しみだった。

(どんな顔して会おう。どんな顔してるかな)

休み明け前日、帰寮しなければならない時刻に合わせて寮に戻った朝陽は少なからずドキドキしていた。

あんな甘い、蕩けるような空気を味わってしまって、なにもなかったようなフリができるだろうか。考えただけで顔が熱くなる。

なのに――。

食堂で三日ぶりに会った尊は、昨夜電話で甘いセリフをささやいた男とは思えないほど、これまで通りの表情と態度だった。いや、むしろ、よそよそしかった。

「あれ、天羽くん、こっちこっち!」

と藤田(ふじた)が呼ぶまで離れた席につこうとしていたほどだ。

『寮内では互いの部屋のなか以外ではこれまで通りに振る舞う。だが俺の気持ちは信じていてくれ』

とあらかじめ言われてはいたけれど……。

俺への想いってそんなもんなのか。

いや、もしかしたら男同士なんて障害だらけだって後悔したのかも。

それとももう、飽きた、とか。

ネガティブな疑問が音立てて胸のなかで渦を巻く。ついには、

(あんないやらしいキスをしといて)

と恨みがましい思いまで湧いてきた。

が、

「醤油をとってくれるか」

「ん」

そっちがその気ならと「俺たちはなにも変わりはありません」という態度をとっていた朝陽の手と、醤油差しに伸びた尊の手が一瞬触れた。目も合った。

(あ)

平然とした態度とはうらはらに、尊の瞳はこれまでとちがっていた。熱っぽく、潤んだ光はねっとりと朝陽の視線に絡み、恋情がいやというほど伝わってくる。

「ありがとう」

声にも湿りがあって、朝陽は頬が赤くならないように必死に冷静を保とうとした。

食後は藤田も一緒にこれまで通りの時間を過ごしたが、消灯前に部屋に戻る時に、尊はそのまま朝陽の部屋に入ってきた。

無言で抱き締められる。

「……ずっと、会いたかった……」

短いささやきに熱があって、それだけで朝陽の胸はきゅんとなった。

「俺も……」

どちらからともなく、唇を重ね合った。

ついばみ合い、すぐにそれでは物足りなくなる。もっと濃く、もっといやらしく触れ合いたい……。互いに同じ欲望を持っているのが伝わってきて、なおのこと煽(あお)られる。

「……すまない」

けれど、尊はすんでのところで腕をゆるめた。短くあやまられる。

おまえだけじゃない、俺も悪い。

そんな気持ちで朝陽は黙って首を横に振った。

せつない思いで身を離す。――二人で決めた約束だ。

「おやすみ」

「うん、おやすみ」

ささやき声で別れを告げ合い、部屋に戻る尊を見送った。

そうして九月末までの残りの時間を、消灯前の一瞬だけは恋人として、それ以外の時間はこれまで通り同じ教場の生徒として、朝陽は尊と過ごした。

幸いなことに、それまでも警察学校のカリキュラムは密でいそがしかったが、卒業を控えて、各種検定がめじろ押しだった。甘い時間を持てないことを嘆く間もない。

柔道剣道は初段合格、逮捕術も初級合格を求められ、ほかに白バイやパトカー乗務に必須の自動二輪、自動四輪の運転技術も検定があり、さらに鑑識作業の知識を見る鑑識検定、正確な無線連絡の技量をみる通信指令検定がある。さらにそれらの技量を競う術科大会があり、教場ごとに成績を競う体育祭があり、クラブ活動の成果を発表する文化祭があり……加えて学科の成果をはかる卒業試験の準備があって、息つくひまもない。

土日返上で苦手な学科や技術の鍛錬に当てねばならず、尊とのデートもままならなかったが、「約束」を守るにはそのほうが都合がよかった。

もどかしい、夜ごとの短い逢瀬（おうせ）を心の支えに、日々は卒業に向けて目まぐるしく過ぎた。

尊は全国大会入賞者たちには破れたが、それでも柔道では同期生で六位、剣道では決勝で花岡に破れて二位につけた。その他の検定では文句なしの最高成績で、特に職務質問の技能大会では堂々の優勝をさらっていった。

そして――卒業式では大方の予想通りに、尊が卒業生代表を務めた。

校長や来賓の祝辞を、朝陽たち卒業生は背もたれを使わず、背筋を伸ばし、手を太ももの上で軽く握り、顔は正面に向けて聞く。

半年前はその姿勢を保つだけで一苦労だったが、もうすっかり慣れた。

「君たちはこれから警察官として街中に出る。警察官は決して人に好かれる職業ではないということを、君たちはこれから思い知るだろう。暴言を吐かれ、嘘をつかれ、時には暴力をふるってくる相手もいるだろう。

逆説的だが、警察官が感謝されるのは、人々がトラブルに遭った時、困った時だ。わたしたちが感謝されず、嫌われているあいだは人々は安寧に暮らしていると言えるのだ。そのことを忘れず、真摯に、丁寧に、それぞれの職務に励んでほしい。君たちの仕事は法の秩序のもと、人々と社会を守ることにあるのだと、心に刻んでほしい。

最後に、この六ヶ月、よくがんばった。君たちの努力をたたえて、わたしのはなむけの言葉としたい」

校長の祝辞は型通りのものだったかもしれないが、何人かの生徒は制帽の下の目を赤くしていたし、朝陽もそのなかの一人だった。

講堂からグラウンドに出たあとは、家族たちを前に一糸乱れぬ行進を見せ、最後に担当教官と一人一人、握手を交わした。

ぴっと南部の前で敬礼する。

「谷口が仕事で来られないのを残念がっていたよ。おめでとうと彼から伝言だ」

「っ、ありがとうございました！」

あやうくまた涙腺がゆるむところだった。

尊もおそらく谷口からの伝言を聞いたのだろうが、その目は潤んでいなかった。

『俺が泣けるのは、おまえの前だけだ』

不意に尊の言葉を思い出し、きゅんと胸がしびれた。

目が合う。

小さく微笑まれて、胸のしびれが大きくなる。

（ダメだ。今は）

心がゆるむと姿勢に出てしまう。朝陽は改めて背を伸ばし直した。

同級生たちとも握手を交わした。つらくて長い半年だったが、思い返せばこれほど充実した時間もなかった。厳しい環境だったからこそ、ともに乗り越えた仲間との絆が強くなるのだと、今ならわかる。藤田や花岡との握手では鼻の奥がツンとした。

尊とも、ほかの同級生と同じように握手を交わした。目を合わせるとまた心が乱れそうで、あえて顔は上げなかったが、すれちがいざま、

「あしたな」

と短く言われた。

明日は卒業の報告に、流星のお墓参りに行く約束だった。そのあと、一泊だけ近場の温泉を予約してある。

卒業というけじめを超えて、一緒に夜を過ごす。

それがなにを意味するのか、なにを望まれているのかはわかっている。朝陽もまた、ずっと意識していたことだったのだから。

（ついに……）

そう思うと胸がドキドキしてきて、朝陽はあわてて別の同級生との握手に意識を戻した。


家族にも警察学校卒業を祝ってもらった次の日は土曜日だった。

尊は朝陽の家まで車で迎えに来てくれた。

「いいなーいいなーおにいちゃん、温泉かあ。しかも天羽さんみたいなイケメンと！」

と晴菜にはさんざんうらやましがられたが、母親に、

「なに言ってるの。おにいちゃんは六ヶ月、すごくがんばったんだから！　これはおにいちゃんのご褒美よ」

とたしなめられていた。

くすぐったい思いをかかえつつ、朝陽は「行ってきます」と助手席にすべり込んだ。

最初に予定通り、流星のお墓に向かう。

流星の両親はなるべく家に近いところで、と望み、車で二十分ほどの山の手の霊園に新しく墓を用意した。真新しい墓には、やはり真新しい花束と菓子類が供えられていた。流星の母は毎日のように墓参りをしているらしいと、朝陽は近所の噂(うわさ)を母から聞かされていた。

朝陽と尊も花を供え、線香とろうそくをあげて手を合わせた。

「流星、俺たち、警察学校卒業したよ。月曜からは交番勤務だ。一つでも犯罪防いで、少しでも治安がよくなるように、がんばるからな」

改めて決意を告げる。

「里崎、見ててくれ。おまえに恥じないよう、立派な警察官になる」

尊も墓石を見つめ、宣言した。

あの日、同級生がいなくならなかったら、別の道を選んでいた。どんな警察官になりたいか、それも流星が消えたことと無関係には語れない。だからこそ、ここで誓っておきたかった。

がんばる。立派な警察官になる、と。

しばらくじっと手を合わせ、さて、と立ち上がった。踵を返して、駐車場に戻る。

「卒業もだが」

車に乗り込んだところで、尊のモードが切り替わった。身を乗り出すようにして、頬(ほお)をそっと撫でてくる。

「おまえとこうして二人になれるのが、本当に待ち遠しかった」

好きでたまらないものを見る時、人の目はきらきら輝いて、そして優しくなる。「ああ好きだなあ」と感じる心がそのまま瞳に浮かぶ。

好きという感情が溢れた瞳で見つめられ、大切でたまらないものを撫でるように頬を撫でられて、朝陽は「ごほっ！」と咳払いした。もちろん、照れ隠しだ。

「あ、まあ、だけど、とりあえず出発しようぜ、出発ー！」

小さくこぶしを上げる。

これまで朝陽が少しだけつきあった女の子たちはこういう場面で朝陽が照れ隠しを発動させると、みんな寂しそうな、傷ついたような目を見せた。関係を深めていくポイントで、男のほうからごまかされると、女性側は「それほどの気持ちがないんだ」と判断する。それがわかっていてもつい、恥ずかしさが先に立ってしまう朝陽だったが……。

「…………」

尊はちがう。「出発ー！」とこぶしを上げた朝陽を見る目は「本当にこいつ可愛いな」と言うように甘い。

「よし、じゃあ行くか」

行く先は隣県の半島にある温泉宿だ。古くから温泉地として有名なその街は、山あり海ありで観光地としても人気がある。

半日、半島をめぐり、豊かな自然や山間のわさび畑を楽しんだ。名物のわさび丼は鼻から目にかけて、つーんと痛みにも似た辛みが広がったが、採れたてわさびの香りのよさにあっという間に完食した。

宿には夕方、チェックインした。

六ヶ月がんばった自分たちへのねぎらいの意味もあって、本格的な和食のお膳が供され、各部屋に源泉かけ流しの露天風呂付き、しかも海が一望できるという料亭旅館を選んであった。

着物姿の仲居さんに個室タイプの部屋に案内される。玄関で靴を脱いでスリッパにはきかえ、仲居さんがすらりとふすまを開くと、居心地のよさそうな和室と広い窓いっぱいに広がる青い海が目に飛び込んできた。

「うわあ、すごい！」

「素晴らしい景観だな」

こもごも感動の声をあげると、

「朝は朝日が綺麗(きれい)ですよ」

と仲居さんが教えてくれる。

「ではごゆっくり」

仲居さんが丁寧に一礼して出ていったあと、朝陽はいそいそと和室の先にあるベランダに出てみた。オーシャンビューを堪能できる籐椅子とテーブル、そして黒御影石の露天風呂にまた歓声をあげる。

「いいなー、お、湯加減もばっちりだ。なあ、どっちが先に入る?」

湯舟に手を入れて尊を振り返る。

「一緒に入ればいいんじゃないのか」

あっさり切り返されて、固まった。

恋人と二人での初の旅行なのに、一緒に入るという選択肢が頭からすっぽり抜けていた。

「いやならいい」

柔らかい口調でそう言われ、朝陽は顔が熱くなってくるのを意識しながらうつむいた。

両想いになってからは寮での入浴はさりげなく離れるようにしていたけれど、ここでは二人きりだ。誰にはばかることもない。

「……いやじゃ……ない」

小さな声でそう答えた。

学校では風呂だけではなく、着替えや身体検査でも、裸を見られているし、見ている。

なのに、二人きりだとどうしてこう恥ずかしいのだろう。

高所にあって海を見下ろせる部屋はどこからも覗かれる心配はない。尊は堂々とベランダに出て服を脱ぎ、一段低くなっている風呂スペースに入っていったが、朝陽は和室の隅でこそこそと脱いで、迷った揚げ句に腰にタオルを巻いてベランダに出た。

洗い場にはシャワーとカランが一人分しかない。

尊が先にシャワーを頭から浴びていた。

「じゃあ、俺、先にお湯につからせてもらおうかな」

いくぶんほっとして、木製の洗面器を手にとったところで、

「朝陽」

と呼びかけられた。文字通り、水もしたたるいい男になっている尊に手招かれる。

「な、なに？」

近づくと、カランの前に置かれた風呂椅子を指し示された。

「洗ってやる。座れ」

いや、ちょっと待て。いきなりの申し出、いや、指示に目が丸くなる。

「え、い、いいよ、そんな……」

「頼む。おまえに触れたい。洗わせてくれ」

「ふれ……」

そうだった。職務質問の大会の時も尊は非常に丁寧に物腰柔らかく話しかけるところからは

じめて、しかし、ポイントでは切り込み鋭く質問を放ち、高い評価を得ていたのだった。

　職務質問と恋人への迫り方を一緒にしてはいけないのかもしれないが。

「……わ、わかった……」

　もうすでに一緒に風呂に入ることは了承して、腰のタオルをのぞけば真っ裸だ。ここでじたばたするのも悪あがきだろう。

　朝陽は腹をくくって、尊に背を向け、風呂椅子に座った。

「頭から洗うが、いいか」

「うん」

　まな板の上の鯉になった気分でうなずくと、シャワーを浴びせられた。

　尊はほどよい力加減でシャンプーをはじめる。

「かゆいところはないか」

「大丈夫」

　大きな手で頭皮をマッサージするように髪を洗われて、とても気持ちがいい。

「おまえ、こんなことまで上手だな」

　感心して言うと、

「おまえの髪だからな。丁寧なんだ」

と答えが返ってくる。

その時は「どういう顔でそういうこと言えるかな」と思うぐらいですんでいたが……。

シャンプーが終わり、ついで顔を洗われ、身体にうつったあたりから様子がおかしくなった。

「耳たぶ、意外と薄いんだな」

「肌、すごく綺麗だ」

「背中にほくろがある。知ってたか？」

泡立てたナイロン製のボディタオルを使うかたわら、尊は長い指で朝陽の耳たぶを引っ張ったり、肩から腕へと手をすべらせたり、背中の一点を指でつついたりしはじめた。

「それくすぐったい」

「照れるよ」

「え、知らない」

と、朝陽はなるべく普通に会話を続けようとしてみた。が、首から腕、背中を洗っていた手が前面に回ってきて……尊に背に密着するように身体を寄せられて、その余裕もなくなった。

「朝陽……もうずっと、おまえにこんなふうに触れたかった……」

耳元で低く、なのに甘い声でささやかれる。

もうボディタオルは使われなかった。泡でまみれた両手で尊は朝陽の身体を撫でるように洗う。首筋から鎖骨へ、胸へと尊の手はぬるぬるとすべっていく。

胸筋を丸く撫でられて、朝陽は「っん」と息を飲んだ。泡のなめらかさと手の圧が乳首に与えてくる感覚は快感としか呼びようがなくて、思わず尊の手を上から押さえた。

「そこ、ダメだ……」

「どうして？」

顎を引き、息を詰める様子からか、それとも乱れた息からか、快感を与えている確信があるのだろう、尊が笑いを含んだ声で聞いてくる。

しかも朝陽が答えるより早く、今度は手ではなく指だけを動かして、朝陽の尖(とが)りのまわりをくるくると撫でてきた。

「ど、どうしても……ひうっ……あ、だ、だから、ダメ、だって……！」

泡ごしの刺激が気持ちよすぎる。胸の尖りが急激にしこって硬くなる。さらに敏感になったそこを今度は泡と一緒に指で摘まれた。

「んんッ……んぅ……んっ……」

少しでもいやらしい刺激から逃げようと背を丸めても、尊の胸に身体を押しつけることにしかならない。太ももの上でこぶしを握り、朝陽は懸命に声をこらえた。

「も、も、ほん、ほんとに……やめっ……」

「綺麗になったかな。じゃあ次は……」

執拗(しつよう)に弄(いじ)られていた肉芽から尊の指が離れた時にはほっとしたが、それも束の間、今度は脇腹と腹部を愛おしげに撫でさすられた。

「あ、そ、そこは自分で洗うから！」

腹から下へ尊の手がすべりそうになって、今度こそ絶対阻止せねばと手首を握って止めた。

「ここも洗いたい」

「じ、自分で洗えるから！」

「……勃ってるのが、恥ずかしいのか？」

「そ、そういうこと、わざわざ言うなよ！」

怒ってみせたが、その通りだった。背を洗われているあいだはまだ柔らかさを保っていた股間のものは、胸を弄られているあいだに硬く充血し、泡のあいだから顔を出している。

「恥ずかしがることじゃない」

背中の下のほうを、ごりっと熱く硬いものでこすられた。

（これ……！）

見なくても、それがなんなのかわかる。興奮の証を背に押しつけられているのだ。心臓がまずいほど速く大きく打ちだした。頭の芯がかあっと焼けつくほど恥ずかしくて、どうしていいかわからない。

尊はそうして己の性器を朝陽の背に押しつけたまま、

「……俺も、同じだ」

ねっとりささやいてくる。

どうしてそんな恥ずかしいことを平気で、むしろ当然だろうと言わんばかりに言えるんだろう。言われるだけでも身の置きどころがないほど恥ずかしいのに。

「手を離してほしい」

頼まれて、急いで首を横に振ると、

「じゃあ自分で洗うところを見せてくれるのか」

ときた。

「は、はあ!?」

驚いたところで手がゆるんだ。尊の手はそのすきにするりと股間へとすべり込む。

「や、だから……あうふっ……」

泡ごと、猛(たけ)ったものを大きな手で握られた。ゆっくりとしごかれる。

「あふぅッ……ア、ア、あんッ……」

声を出すまいと思うのに、気持ちがよすぎてこらえきれない。敏感な先端からくびれのあたりをぬるんぬるんと集中的に責められて朝陽はたまらずのけぞった。

「いぅ……ん！　んうぅ……ン、あッ……」

尊の肩口に頭を押しつけ、淫(みだ)らな手に肉茎をなぶられる快感になんとか耐えようとする。

力の入らない脚を左右に開き、赤く熟れた乳首の立つ胸を反らせ、男の肩に頭を預けて喘(あえ)ぐ自分の姿がどれほどいやらしいか、気づく余裕は朝陽にはなかった。

「朝陽、朝陽……可愛い」

耳元で、余裕のない声でそう言われた。「そういうこと言うな」と抗議したかったが、直後に、その耳をゆるくかじられ、さらに股間を弄るのとは別の手でまた胸の尖りを愛撫(あいぶ)されて、あがった声は甘く高い嬌声(きょうせい)になってしまった。

「あああ……あふぅッ！」

かじられた耳と、二本の指で挟まれてこすられる乳首、そして大きな手に握られてこすられる性器——三点から種類のちがう快感を与えられて、苦しいほどだ。

自分の手で自分の口を手で押さえた。そうしなければ、植え込みでへだてられた隣室にまで届くようなよがり声があがってしまいそうで。

絶頂へと、官能のうねりがいやらしい熱とともにどんどんと高まってくる。自分でする時とはケタ違いの、圧倒的で、そして濃い快感に頭の芯が白く焼ける。

「ふううぅうッ——」

胴震いとともに、朝陽は精を放った。どくどくと小さな孔から熱い体液が噴き出していく。

これまで踏み入ったこともないほど高い頂での快感は長く続いた。

すべてを出し切り、尊の胸に支えられて絶頂からゆっくりと下りてくる。乱れた息が落ち着き、余韻を味わいつくすまで、尊はじっと待っていてくれた。

それからシャワーで泡と朝陽が出したものを流し、脚のほうもボディタオルでさっと洗って

くれてから、

「湯につかっててくれ」

と言われる。

もう唯々諾々(いいだくだく)としたがうしかない朝陽だ。

一人で湯舟につかり、いつの間にかすっかり夕闇に覆われている空と、水平線の境がわからなくなった海を眺める。

(俺、すごいことしたんじゃないか……)

改めて、自分がどんな姿勢で、どんな声をあげたかを思い出す。

(うわあ)

いまさらながらの羞恥(しゅうち)に襲われて、朝陽は両手で顔を覆った。恥ずかしい。恥ずかしすぎる。

「いいか」

手早く自分の身体を洗ったらしい尊に後ろから声をかけられた。

「ど、どうぞ」

うなずくと、隣ではなく、後ろから尊が入ってきた。朝陽の身体は前に押し出され、両側に尊の脚がくる。

「な、なんで……」

こういう体勢にするのか。

抗議と羞恥で後ろを振り返ると、ひどく優しく自分を見つめる目と目が合った。

「…………」

発するつもりだった抗議の言葉は喉の奥で消える。

朝陽はいろいろとあきらめて、前に向き直った。

「いい湯だな」

さっきまでとはちがう、ゆるやかな手に湯舟のなかで湯をかけられる。

背中にとくんとくんと尊の鼓動が伝わってくる。大きくて、少し速い。尊もドキドキしているのだと思ったら、なんだかうれしかった。

「……うん、いい湯だな」

好きな相手とともにいる幸せを噛み締めて、うなずいた。


浴衣に着替えて部屋に戻ってしばらくすると、夕食が運ばれてきた。

新鮮な海鮮と和食に舌鼓を打ち、少しばかり日本酒もいただいて、豊かな食膳を堪能する。

「あー美味しかったあ」

満腹になって座椅子にもたれた。

「ああ、うまかったな」

尊も満足そうだ。

そうこうするうち夕食の膳が下げられる。

（いよいよ、か？）

風呂もすんだ。食事もすんだ。残るのは……。

そういえばさっき、自分は射精してしまったが、尊はどうしたのだろうと気づく。

自分がぼーっとしているあいだにすませたのか。風呂を出る時には尊のものはもうおだやかな状態だったけれど、どうだろう。

（でもあそこは俺が手伝うべきだったんじゃないか？）

（けど、いまさらそんなことを聞くわけにもいかないよな）

「朝陽」

もだもだと自問自答しているところに尊に呼ばれた。いつの間にか尊はベランダに出ている。

ベッドルームに直行というわけではないのかとほっとしつつも、いくぶん、肩透かしをくらった気分でベランダに出た。ローテーブルを挟んで座る。

尊は星がまたたく夜空に向けていた目を朝陽へと戻してきた。

「……おまえに、好きだと告げてから……」

ゆっくりと切り出される。

「俺はいろいろ調べてみた」

なにを？　と目顔で問い返すと、

「男同士のセックスについてだ」

とストレートに答えがきた。それだけでも朝陽はドキドキしてくるのに、

「端的に言う。俺はおまえを抱きたい」

さらに踏み込んだ言葉が飛んでくる。

ずいぶん慣れたつもりでいたが、やはり尊の直球は心臓に悪い。どうして真顔で、まっすぐに相手の目を見つめてそんなことが言えるのか。

「え、あ、うん……」

告白された日に、卒業まではと言われていた。この旅行はそういう意味なのだと覚悟はできているが、こんなふうに正面から告げられるとあせってしまう。

「挿入だけがセックスではないと思うが、俺はおまえとつながりたい。しかし男女のセックスとちがって、男性同士はもともとそういう用途で使われる器官があるわけじゃない。代替品を使うことになる」

「代替品？」

「本来は排泄（はいせつ）に使う器官、つまりお尻の穴を、女性器の代わりにするということだ」

これ以上ない直截（ちょくさい）な表現をされ、さらに、知っていたかと続けて問われ、朝陽は顔から火を噴くような思いでうなずいた。

「……知ってる……」

蚊の鳴くような声で答えると、

「ではその準備についてはどうだ」

と尋ねられた。

「準備……」

「拡張だ。男同士のセックスでは、肛門（こうもん）にトラブルなく男性器が挿入できるように、馴らしておく必要があるらしい」

あからさますぎる説明に朝陽はぎゅっと目を閉じた。

自分は恥じらいすぎて、照れすぎて、つい冗談口でごまかそうとしてしまう。それはよくないが、ストレートすぎる尊もやはりよくないのではないか。

「一ヶ月ぐらいかけて、ゆっくりと細いものから順に挿入して準備しておくと、怪我（けが）の心配もないらしい。もしおまえが、俺に抱かれてもいいと思ってくれるなら、これから一ヶ月、その準備を……」

「は？」

思わず声が出た。

「これから一ヶ月？」

「それぐらいかけると負担が少ないそうだ」

「え？」

思わずベッドルームの方角を見た。

「じゃ、じゃあ……今夜は……？」

「もちろん、おまえが許してくれるなら、おまえをかかえて眠りたい。もしまた触れていいのなら……」

その時、朝陽のなかで、ぷちりとなにかが切れた。

「……なに言ってんだ」

ゆらりと朝陽は立ち上がった。テーブルを回り込み、尊の前に立つ。浴衣の胸倉を掴んだ。

「あんないやらしいことしといて……俺にあんな声あげさせて、あんな姿さらさせて……は？一ヶ月？」

ふざけているとしか思えない。人の覚悟を、この旅行の提案を受けた覚悟を、なんだと思っているんだ。

「せっかく、せっかく二人で旅行に来てるのに……おまえ……」

言っているあいだにせつなさが込み上げてきた。目頭が熱くなり、視界が潤む。

「いや、でも、おまえの身体に負担が……それにこういうことはきちんと同意を……」

「負担なんかなんだよ！　どれだけこの半年鍛えたか知ってるだろ！　痛いのもしんどいのも、もう慣れっこだよ！　同意って……この旅行に一緒にきた、それが答えだろうが！」

掴んだ胸倉をぐっと引き寄せ、かがみ込んで唇を合わせた。乱暴に吸い上げる。

「あさ……っ」

なにか言いかけるのをまた唇でふさぐ。たまらなくなって、首筋に抱きついた。

「俺だって！　おまえのもんになりたいんだよ！」

照れも羞恥もなかった。溢れるもどかしさのままに、朝陽はそう叫んだのだった。


ベッドルームへはキスをかわしながら歩いた。

互いの浴衣の帯を解き合い、肩から浴衣をすべらせて、ベッドに崩れ込む。

何度も何度も唾液が垂れるキスをして、口のまわりをべとべとにして、それをまた舐め合った。

「朝陽、好きだ」

下着をずらそうとされたところで、「あ、ちょっと」とストップをかけた。

「とってくる」

一言告げて、ベッドを下りた。和室に置いてあるカバンの中に入れてあるものを取りにいく。

「……これ、一応」

戻ってきてベッドサイドの小卓にゴムの箱と潤滑剤のボトルを置いた。

尊の目が丸くなる。

「……だから！　言っただろ。俺だってちゃんと……おまえのもんになりたいって。準備……してきたんだよ」

「朝陽」

喉に絡んだような詰まった声で呼ばれ、ついで、ぐいっと腕を引かれた。身体の下に敷き込まれる。

「朝陽、朝陽」

唇と言わず鼻と言わず、めちゃくちゃにキスを降らされた。

「どうしよう……」

朝陽の頭を胸にかかえて、尊が呻く。

その胸から大きく速い鼓動が伝わってきて、重なる頬の熱さとともに尊がどれほど高ぶっているか、伝わってくる。

「優しくしたいのに……めちゃくちゃにしたい」

はあっと熱い溜息がこぼされた。いつも冷静な男が突き上げる欲求にとまどっているのが伝わってきて、朝陽の胸も熱くなる。

「どうすればいい……おまえが好きで、たまらない……！」

そんなの、たまらないのは俺もだよ。想いが溢れる告白に、全身が甘く震える。

「尊……」

朝陽は自分を抱き締める男の背に手を回した。

肩も背中も実用的な筋肉に覆われて、ゆるんだところはまったくない。強く、たくましい身体は人々を守るために働くという意志のもとで鍛えられたものだ。

同じ志を持った相手と恋をしている――そのことが涙が出てくるほどうれしい。

「尊……俺もおまえが好き」

告げると、く、と尊の喉が鳴った。

顔を起こした尊に、そっと頬を撫でられる。

「……いいのか、本当に？　予想されるリスクは……」

ここに来てさらに確認してくる男に笑いが漏れる。

「指で多少馴らしてくれたら、いけると思う」

了解した、の返事の代わりか、ちゅっとまた唇をついばまれた。

脇腹から腰骨へと手がすべり、下着をずらされた。少し腰を持ち上げると、身体を起こした尊にするりと両脚から抜かれた。

間接照明の光に浮かぶ身体をしげしげと尊に見回される。

「そんなにじろじろ見るな……」

さっきも風呂場で全裸は見られている。それでもこんなふうに横たわったところを舐めるように見られるのは恥ずかしい。すでに股間のものがじんわりと勃ち上がっているからなおさらだ。また触れられ、気持ちよくされるのを期待しているかのように。

だが尊は愛おしげな眼差しで視姦するのをやめてくれない。

「どうして。鍛えられて……引き締まって……とても綺麗なのに」

「お、おまえだって……俺より筋肉量多いだろ」

「綺麗だ」

平然と告げられる褒め言葉がたまらなくて、朝陽は両腕を上げて顔を隠した。

そっと太ももを撫でられた。膝を立て、両側に広げるようにうながされる。

「な、なんかこれ、ま、マヌケじゃないか?」

緊張と羞恥に耐えられなくなって、朝陽は手をずらして冗談めかした。

「カエルみたい」

「…………」

だが尊はそんな朝陽の照れ隠しに反応しなかった。ベッドサイドから潤滑剤のボトルをとると、手にとり、入念に指に塗りつける。

「いやだったら、言え」

短く言って、朝陽の上に身体を横たえてくる。左手で髪を梳き、優しいキスをくれながら、右手は股間の奥へと忍び込む。

そんなところを人にさわられたおぼえはない。

二つの丘の谷間に息づく肉環に尊の指が触れる。

ぬるぬると小さなすぼまりにゼリーを塗りつけられた。そのぬめりのおかげか、一本目はさほどの抵抗もなく、ぬるりと朝陽の内部へと入ってきた。

「……ん……」

抵抗がなかったのは入り口だけだ。異物がぬくぬくと体内を進んでくる感覚は異様で、朝陽は思わず息を詰めた。けれど、その異様な感覚には気持ち悪いだけではない、なにか背徳的な妖(あや)しい疼(うず)きもあった。

正体のわからないその妖しい疼きは尊が内側の襞(ひだ)をこするようにしながら指を抜き差しさせるにしたがって強く、濃くなった。

「ん……っ……」

口を閉じていても、声や息が短く漏れてしまう。

「朝陽……平気か?」

うん、とうなずく。平気というより、むしろもどかしいのをどう伝えればいいのかわからない。しかし、乱れる息遣いや表情から尊は朝陽が不快なものばかりを感じているわけではないと察したらしい。

中を探るような動きのあと、きゅうっと肉の隘路(あいろ)の一部を押された。

「ひうぅッ……──」

その瞬間、朝陽は自分の身体の芯に走った甘い電流に腰を跳ねさせた。

朝陽の反応から「そこ」が正解だと悟ったのだろう、尊は同じ場所を続けざまにきゅっきゅっと押してくる。

「や、や！　そ、それやだッ……あんんんッ……んああ！」

押されるたびに強い快感が走る。高い声が立て続けにあがる。

ペニスを弄られるのとはちがう、全身の細胞が湧きたつような、甘さにどうにかなってしまうような、それまで知らない快感だった。

「や、や……尊！　これ、へんだ、変……！」

肩にすがって訴える。

尊はなにも言ってくれなかった。ただ、目を細め、リズミカルに朝陽の肉洞にひそむ愉悦のツボを責めてくるばかりで。

「ア、ア、アッ……んんくぅぅ……ん！」

どれほど背を跳ねさせ、腰を揺らしてものがせない、甘い快感に朝陽は悶(もだ)えた。踵(かかと)でシーツを掻(か)き、自分をさいなむ男の肩に爪を立てる。

「や！　も、もう、これ、ダメ……ッ」

怖くなって訴える。自分がどうなってしまうかわからない。

「じゃあやめるか？」

問いかけの言葉とともに、尊の指がそのポイントから離れる気配があった。快感がすっと遠のく。

「あ……」

いやだ。やめるな。めちゃくちゃな波に翻弄（ほんろう）されて、持ち上げられて、そして砕け散ってしまいたい――。

自分の身体を内側から焼くような強い欲望に、朝陽は涙目になった。本当はやめてほしいのに、怖いのに、やめてほしくない、もっともっとぐずぐずにして、いやらしくしてほしい。

矛盾する強烈な望みに悶える朝陽の秘孔から、尊の指はゆっくりと出ていこうとする。

「や……」

それを口にするのがどれほどはしたないか、わかってはいた。しかし、強烈な飢えのような欲望のほうが強かった。

「やめる、な……もっと、続けて……」

ささやき声で懇願する。

どんな顔でそのいやらしい願いを口にしていたのか。見下ろす尊が、自分のほうがつらいかのように一瞬顔を歪（ゆが）ませた。

直後、ふたたび強くそこをこすられた。

「ひぃぃうぅ――ッッッ」

目の前が白くなった。激しく、強い快感。

でも、もっと、もっと――。

望むままに刺激が与えられ、朝陽はそれまで知らなかった高みへと押し上げられ、そして、砕けた。

「あうぅ……ッ」

身体が細かく痙攣し、頭も視界も真っ白になった。射精はしていないのに、極めている――気持ちのよさの頂点が長く続いて、そのおそろしいほど強い快感を、朝陽は全身を弓なりに反らして耐えた。

ひくりひくりと腰が揺れ、その愉悦は果てがないようにさえ感じられた。

「あ……」

どれほどそうして、絶頂を味わっていたのか。

詰めていた息をようやく吐き、背をシーツに戻して、朝陽は薄く目を開いた。

「……な、なに……今の……」

そうしてゆっくりと頂点から下がってきたところで、そっと尊に額に張りついた髪をかき上げられた。

「ドライオーガズムというやつらしいな」

かすれた声の問いに優しい声が答えてくれる。

「ドライ……」

射精をともなわない、こんな快感があるのか。知らなかった……。

「指を増やすぞ」

ぼうっとしているところに宣言されて、わけもわからずうなずいた。

二本、三本……指を増やされるにつれて、自分が確実に「拓いて」いくのがわかった。

ずりゅ、ずりゅ、じゅちゅ……尊が手を動かすたびに、朝陽の体温と同じ温かさになったゼリーが淫らに鳴る。

股間を見下ろすと、狭間を抉る尊の手もゼリーで濡れ、その手が深くへと突き込まれると頭の芯にまで響くような快感があり、引かれる時には内臓を引っ張られるような快感が腰全体に満ちた。

「……これ……すごく……いやらしい、な……」

乱れる息のなか、自分を拓く男に同意を求める。

「ああ。けど、もっといやらしくなる」

尊が優しく、けれど猛々しく笑う。

「そんなの……俺……変になる……困る……」

「……大丈夫だ」

尊の指が、そこから抜かれる。

ティッシュで軽く指をぬぐい、尊は朝陽の腰を持ち上げた。自分の膝をその下に入れる。

たくましい雄の興奮がさっきまで指を呑まされていたすぼまりに押し当てられた。

「あ……」

自分のそこがさっきまでとはまるでちがうものになっているのに気づいて、朝陽は目を見開いた。ゼリーで潤わされ、指でこすられ、中を掘られた秘孔は、押し当てられた肉棒を呑もうとしていた。丸い先端にひたりと吸いつき、ひくついている。

早くまた、異物を埋められたくて、中を掻き回されたくて、蜜壺が疼いていた。

「尊……お、俺、やっぱり変になる……」

知らない世界が広がっている。この先を知ってしまったら、きっともう引き返せない——。

「大丈夫だと言ったろう」

しかし尊は笑う。苦しそうに、せつなそうに、そして猛々しく。

上からぎゅっと両手を握られた。

征服する雄の顔で尊が笑う。

「俺も一緒だ」

ぐっと腰を進められた。

ああ、そうだよなと思った。これからは尊と一緒だ。

夢も、理想も、仕事も、恋も、官能も、この、素晴らしい男とずっと……。

——指よりはるかに大きく、硬く、容赦のないものに身体の中心を貫かれた。

愛しい男とつながる快感に朝陽は大きな声をあげ、そして、極めたのだった。

「落とし物ですか。ありがとうございます。こちらへどうぞ」

　遺失物の書類を引っ張り出したところへ、

「おまわりさーん、あそこ、壊れた自転車がほってあるんだけど」

　とほかの男性が入ってくる。

　警察学校を卒業した朝陽たち短期課程初任科第一五七期生が県内の交番に広く配属されて、一ヶ月になる。

　駅前の繁華街に配属された者もあれば、古くからの住宅街の一画にある交番勤めになった者もあれば、山間部の交番に配属になった者もあった。

　朝陽は政令指定都市の駅前交番に配属された。表通りだけ見るとビジネス街だが、一本、なかに入ると飲食店が軒を連ねる、昼も夜もいそがしい街だ。

　落とし物、道案内、動物の死骸の処理、交通事故処理、喧嘩(けんか)やトラブルの仲裁、高齢の認知症者の対応や捜索、酔っぱらいの保護などなど、交番の仕事は多岐にわたる。

　地元の特性を知り、住民や勤め人のことを知る交番のおまわりさんはいざという時のセーフティネットだと、朝陽はしみじみ思うようになった。日本の治安が世界にくらべていいのは、草の根のように細かく地域に根付いた交番があればこそだろう。思い起こせば、流星が行方不明になった時も一番最初に駆けつけてくれたのは交番のおまわりさんだった。

市民を守るために、市民の行動に注意し、観察する。

そんなに点数稼ぎがしたいかと交通違反を取り締まるたび罵声を浴びせられるが、それも、「これぐらいならいいだろう」という横着からの小さな違反が他人の生命や財産を奪う大事故につながるがゆえだ。嫌われても、怒鳴られても、市民の安全と安心のために働く。

「日野」

書類を書いているところで、朝陽の指導役でもあり、ペアでもある先輩に声をかけられた。

「その報告書、あとどれぐらいで終わる」

「あと十分もあれば」

「書き上げられたらパトロール行くぞ」

ちらりと時計を見た。管轄の女子高の授業が終わる時刻が近い。最近、下校時を狙って不審者が出没しているという通報があった。

「星和女子周辺ですよね。急ぎます」

最近ようやく、ペア長に「仕事をおぼえてきたな」と褒められるようになった。警察学校で学んだことを基本として、街の状況に応じて知識を血肉にして活かせるようになった手応えを感じるようにもなった。

毎日は飛ぶように過ぎていく。そのなかでもっと学ぶこと、身につけることがある——。

学びと雑務に追われて、一日の業務が終わり、官舎に帰る頃にはくたくただ。

「お疲れー」

「お疲れ様」

時々、玄関で尊と一緒になる。二人がそれぞれ配属された交番のちょうど中間地点にある官舎には、ほかにも花岡（はなおか）や矢野（やの）がいる。独身者は基本全員、官舎暮らしだ。

「夜勤明けか」

「そう。そっちも？」

「俺は二日ぶりに帰ってこれたところだ」

「え、もしかして張り込みとか？」

尊が配属された隣市の駅前交番の管轄で薬物所持が疑われる事例があると署で聞いた。

「交代要員だけどな」

「さすがだな」

警察学校をトップで卒業した尊はやはりまかされる仕事がちがう。

「事件があればおまえも駆り出されるよ」

そう言って、尊はすっと顔を近づけてくる。

「あとで、部屋に行ってもいいか」

不自然ではないぎりぎりの近さで尊がささやく。

「うん」

警官としても新米なら、恋人としてもまだまだ新米だ。顔が熱くなる。

尊が先に立って階段をのぼっていく。

広い背中はこの一ヶ月でさらに頼もしくなったように見える。きっと、尊はこれからもっともっと、正義と法の番人らしくなっていくだろう。本人が目標にする通りに――。

（俺も）

市民に頼られ、安心してもらえる存在になる。同じところを目指して進む恋人の背を追って、朝陽も階段を駆け上がった。

# あとがき

この本ではじめましての方も、数冊目ですよ、こんにちはの方も、お手にとっていただき、ありがとうございます。楠田雅紀（くすだまさき）です。

キャラ文庫さんではいろいろ特殊な設定で書かせていただくことが多いんですが、今回は、普通の男の子たちが主人公です。最初は相容（あいい）れなかった二人が、警察学校で学ぶうちに互いの考え方を理解して、歩み寄って、ついには支え合いながら、自分たちの理想に向かっていくという青春成長物語（ここでキラキラマークを心の中で付けてください（笑））。

そしてやはりキャラ文庫さんでは「受を必死に守ろうとする攻」を書くことが多いんですが、今回は「助け合う」、むしろ「受のほうが攻を救う」パターンになりました。自分が選んだ道が正解だったか、不正解だったか、後悔というのは本当に「先に立たない」のですよね。「わかっていたら別の道を選んでいた」というのは悲しいかな、ありがちです。そんなどうしようもない悔いを背負ってしまった人はどうやったら救われるのか……かかえているつらさを理解して、一緒に受け止めてもらえること、味方でいるよという気持ちを持っている人が身近にいてくれること――それが救いになるんじゃないかと思いながら書いていました。

それにしてもしんどい過去だな……と尊（たける）と朝陽（あさひ）が気の毒にもなりつつ……。でも、その分、卒業旅行は奮発してみました。モデルにしたお宿は「オーシャンビューの個室露天風呂」、しかも「源泉かけ流し」「地元産食材の創作和食」が売り。ちょっとうらやましかったです(笑)
　作中に出てくるドラマは視聴された方も多かったのでは……。警察学校を舞台にしたドラマでは警察官になるためにこんな大変な訓練があるのかとびっくりしました。いつも資料は多めに目を通すのですが、このドラマも再視聴しました。また書いてるあいだ、ちょうど交番もののドラマが放映されていて、タイムリーに警察漬けにしていただきました。
　そんな今作に、ビジュアルをつけてくださった麻々原絵里依先生。「恋人は、一人のはずですが。」に続いてご一緒していただくのは二度目になります。前作もですが、今作も「このキャラはこの顔と姿しかない」と感じさせていただいて、感激です！　素敵に描いていただいて、本当にありがとうございました。そして担当さま。いつも本当にありがとうございます。もう少し、手間のかからない書き手になりたいです……。またこの本の出版にかかわってくださったすべての方に、心からの感謝を。
　そして——拙作を手にとってくださった貴方へ。心から感謝申し上げます。いろいろと大変なことが続く世の中ですが、いっときなりと、物語の世界を楽しんでいただけたなら、本望です。どうぞお身体お気をつけて。またお目にかかれますように……。

二〇二一年九月吉日　楠田雅紀

この本を読んでのご意見、ご感想を編集部までお寄せください。

《あて先》〒141-8202 東京都品川区上大崎3-1-1 徳間書店 キャラ編集部気付
「恋するヒマもない警察学校24時!!」係

【読者アンケートフォーム】
QRコードより作品の感想・アンケートをお送り頂けます。
Chara公式サイト http://www.chara-info.net/

■初出一覧
恋するヒマもない警察学校24時!!……書き下ろし

Chara
恋するヒマもない警察学校24時!!……【キャラ文庫】

2021年10月31日　初刷

著　者　楠田雅紀
発行者　松下俊也
発行所　株式会社徳間書店
〒141-8202　東京都品川区上大崎3-1-1
電話　049-293-5521（販売部）
03-5403-4348（編集部）
振替　00140-0-44392

印刷・製本　図書印刷株式会社
カバー・口絵　近代美術株式会社
デザイン　おおの蛍（ムシカゴグラフィクス）


ISBN978-4-19-901044-6